アイアムハウス

由野寿和
YUYA TOSHIO

幻冬舎MC

アイアムハウス

一

午前十一時。サイレンを鳴らさず、車両は静岡県藤市十燈荘《じゅっとうそう》に到着した。静岡中央市にある県警本部から十燈荘までは、藤湖をぐるっと大回りして藤市経由でトンネルを通り、小山を登ることになる。藤湖を見下ろす高級住宅街、十燈荘は、土曜の昼だが活気はない。既に外部への交通規制が敷かれているとはいえ、不気味に静まり返っている。ここで殺人事件があったことを、住民達が知っている気配はなかった。

その家は、一言で言えば別荘風。赤茶けた屋根と白い漆喰の壁で、南欧を思わせる優美な造りだった。周囲は鬱蒼とした林に囲まれており、男は落ち葉をメシメシと踏みつけながら道を進んだ。庭と思しき場所には、これから建築に取りかかるはずだった資材が置かれている。けれど、その工事が始まることは永遠になくなった。

漆黒のロングコートを羽織った静岡県警の刑事、深瀬肇《はじめ》は、青白い顔色のまま、重たい口を開いた。十月十日、やや曇り空で、この時期にしては冷んやりとしている。

「ここがその家か」

表札には秋吉と書かれている。深瀬はそれを横目に白い手袋をはめた。これから始まる現場検証のためである。表札の近くには血の跡が残っていた。それは何かで擦ったように掠れている。

犯人がうっかり触り、指紋を消すためにゴシゴシと擦ったような、安易な隠蔽工作だった。

「血痕があるな」

深瀬は、見たままを口にする。

「表札のすぐ横に血痕。擦って指紋を消した模様。拭き取られてはいない。……拭く暇がなかったか、夜で見えにくかったのか、雑な犯行だ」

斜面に建つ秋吉家の住所は、静岡県藤市十燈荘町四二三。路肩にも警察車両が数台停車し、入り口や家の周囲には規制線が張られ、ただならぬ空気を放っていた。

「あ、深瀬さん！　深瀬さんが来られたんですね！」

後輩の笹井幸太《こうた》が深瀬を見るなり敬礼し、声を震わせた。静岡県警の深瀬と言えば、その筋では有名である。

長身で青白い肌、睡眠不足なのかクマがひどく、疲れ切っているようにも見えて、顔から感情が読み取れない。髪も洗いざらしのボサボサで、およそ警察官として信用できそうには見えなかった。しかしその見た目に反し、県警一の切れ者とも呼ばれている。もう一つのあだ名は死神。見た者は納得するだろう。

「お前は誰だ。一人か？」

「はい。先日、静岡県警捜査第一に異動してきました、笹井幸太と申します！　まだ一緒に捜査する相棒がいない上にちょうど手が空いていたので、お前が先に行けと部長から言われて九時四十分に現着しました」

「なら八十分あったな。どこまで調べた？」

深瀬は笹井に問うた。

「秋吉家は四人家族で、三名死亡。一名は救急搬送されています。遺体はまだ現場に。司法解剖予定ですが、現時点で、死亡推定時刻は昨日夜から今朝方にかけてだろうと鑑識が」

現場へと臨場した深瀬は、急いで来たからか、まだどこか眠たそうにも見える。

「遺書はないのか」

「今のところ見つかっていません。どう見ても猟奇殺人ですし」

笹井は遺体を思い出したのか、具合の悪そうな顔をして道を空け、改めて顔を上げた。

「深瀬さん、この捜査、ご一緒できて光栄です。よろしくお願いします！」

快活な声で再び敬礼した笹井だが、その言葉を聞き流すように深瀬は告げた。

「俺に相棒は必要ない、俺には近寄るな」

「すみません」

言われた笹井は少し後退りした。近寄るなというのを、馴れ馴れしくするなという意味に捉えたが、深瀬は実際に笹井をのけるように手を払った。

物理的に近寄るなと言われたのか、と笹井は内心首を傾げる。確かに、見た目からして近寄りがたさがある人物ではあった。

「でも、あの……深瀬さんが来られたということは、一緒に捜査しろという指示ですよね？」

だから僕の相棒は深瀬さんということじゃないんですか、と笹井は心の中で思ったが、聞けなかった。現場はそんな雰囲気ではない。

「獣が潜んでいるような空気だ」

笹井を無視した深瀬は、玄関の前で仁王立ちしたまま呟く。家はまるで息をするかのように、いや怒っているかのように、大きく立ちはだかり悠然としているように深瀬には感じられた。

事件現場は藤市十燈荘だ。しかし、通報を受けて現場に出た警官は、藤警察署では手に余ると考え、早々に県警本部に応援を要請していた。もうじき、県警では特別捜査本部が立ち上がるだろう。

事件の概要はこうだ。二〇二〇年十月十日の朝、警察に通報があった。静岡県藤市十燈荘にある一般住宅で、その家に住む秋吉一家が何者かによって殺害されたという。仲の良い、どこにでもいる普通の家族だったが、その現場は通常とはかけ離れた特異な状況だった。

世帯主であり父親である秋吉航季は、書斎でゴルフボールを胃まで詰められた状態での窒息死。母親の秋吉夏美は業務用冷蔵庫の中で凍死。長女の秋吉冬加《ふゆか》は、浴槽にてワイヤーのようなもので縛られ溺死。長男の秋吉春樹は、自室にてゲームのコードで首を絞められた状態で発見された。

春樹だけが一命を取り留め、現在、藤市中央病院に搬送されている。ただし、意識不明の重体で、まだ深瀬のところに続報は入っていなかった。

「では、行くか」

数時間経ってもなお、二階建ての木造建築の家には獰猛《どうもう》な死の気配が漂っている。深瀬は玄関に入り、つけていたマスクを取り臭いを嗅いだ。

「死体は三つ、靴も三足」

深瀬が玄関先の揃った靴に目をやる。その呟きに、笹井が慌てて口を挟む。

「あ、家族は四人です。ここにある靴は、父親、母親、長女のものみたいですね」

「何故、長男の分の靴はない？」

「わかりません」

笹井が首を振る。深瀬は白い手袋をはめた右手で靴箱を開けた。すると、いくつかの靴の中に、少年用と思われる運動靴もきちんと用意されていた。

「あるな」

「ありますね」

「長男は生きているんだな？」

「はい、救急車で運ばれていきました。彼はこの家の二階で、首を絞められた状態で発見されています。意識不明でしたが、第一発見者の迅速かつ的確な対応により、現在は藤市民病院にて処置中とのことです」

「話を聞ける状態ではないのだな」

「はい、担当医師からは意識を取り戻すかはわからないと聞いています。今日が山場で、最悪の場合は脳死の判定がされると。つまりは植物人間のような状態になってしまうようですね。現時点で調べた限りでは、県内に親戚などもいないようで、なんと言えば良いか……彼にとっては辛い状況です」

奇跡的に助かっても、家族全員が死んでいることを聞かされる。その少年の未来を思って、笹井は悔やむような表情を作った。

笹井がまだ何か話そうとしたが、深瀬は捻《ねじ》れた髪を指でなぞりながらため息をついた。

「第一発見者はどういう人物だ？」

「女性ですね」

笹井は、手帳を開きながら説明する。

「母親の秋吉夏美の勤務先である、藤フラワーガーデンの店長です。名前は堀田《ほった》まひる。本日午前八時過ぎ、夏美さんが出勤時間になっても現れなかったので心配して、何度も電話したそうです。けれど電話が繋がらないので、自宅へ様子を見に来たところ、玄関が開いていたと。それで入ってみたら、この有り様です」

「電話が繋がらない？　電話に出ないではなく？」

深瀬の質問に笹井が頷く。

「はい」

「ということは、本人のスマートフォンは電源が切れた状態ということだな。見つかったか？」

「いえ。どこにも」

「となると、他の三人の分もないだろうな」

「そ、そうです。深瀬さん、わかるんですね」

「犯人が持ち去ったんだろう。電波記録を追うよう、本部に指示しておけ」

「はい!」

笹井が電話をかけている間に、深瀬は玄関からリビングまでを見渡した。南欧風の外観に負けず劣らず、家の中も掃除が行き届いて過ごしやすい雰囲気だった。隅に埃も見えず、こまめに手入れがされている。

「いつ客が来ても良いな、これなら」

深瀬は独り言のようにそう呟いた。

「深瀬さん、指示を出しました」

「わかった。それで、遺体発見時の状況は?」

「はい、ええと。第一発見者の堀田さんによると、秋吉夏美さんは今まで遅刻をすることがなかったので、不思議に思ったそうです。それで、電話も通じず、家に来たらドアが開いているので怪しく思って、入ってみたと」

「通報前にか?」

「あ、そうです。危ないですよね、犯人がまだ残ってるかもしれないのに」

「殺人事件だとは思わなかったと」

「まあ、普通そうでしょう」

「普通はな。だがここは、十燈荘だ」

その深瀬の思わせぶりな台詞に、笹井もゆっくりと頷いた。十燈荘は、藤湖を一望できる丘陵に造られた高級住宅街として有名だが、別の理由で名が売れたこともある。この十燈荘で店を構えている人間が、それを知らないわけがなかった。

「救急車を呼んだのも、その堀田という女性で間違いないか」

「はい、そうです。救急医療が必要なため、最寄りの藤市に搬送されました。ここから藤市民病院までは四十分ほどかかりますのでそれも容態悪化の一因かと……」

「経緯は？」

「ええと、藤警察署の職員によると、通報があったのが八時三十分。救急車到着まで堀田さんが、心臓マッサージを行っていたそうです。九時に、藤警察署から派遣された警察官が現着。すぐに救急車が来て、秋吉春樹を搬送。その後現場《げんじょう》保存に入り、堀田さんに事情聴取。九時三十分に事情聴取が終わって堀田さんは帰宅しました。僕がここに到着したのが九時四十分でした」

そして、深瀬は先行した笹井から遅れて十一時に秋吉家に到着した。

「その堀田という女性の発信履歴と秋吉夏美の受信履歴にズレがないか調べたか」

「はい、今のところ堀田まひる側のスマホしか現物がないのですが、それによれば裏は取れています。藤フラワーガーデンの開店時刻は朝八時で、八時過ぎに何度か電話をかけている記録がありました」

「なるほど」

深瀬は冷たい表情で静かに瞬きをした。

「現場を見たい。父親からだ」

「父親の遺体は書斎にあります」

深瀬は靴にビニールカバーを被せて家に上がる。奥には書斎が、右手にはキッチンが、手前にはバスルームがある。三人の遺体は、全て一階で見つかっていた。

書斎は本棚に囲まれた高級感ある隠れ家のような雰囲気だった。書斎机、椅子、どれ一つとってもそれなりに高価に見える。最高級とは言わないまでも、高級住宅街に相応しい程度のしつらえだ。

「この方が秋吉航季さんです。四十二歳、静岡青葉銀行の融資課に勤務している銀行員。ちょうど六年前に、東京から転職して、この藤市十燈荘に移住してきたとのこと。まだ聞き込み中ですが、現時点での話だと、性格は温厚で堅実。今のところ何かトラブルに巻き込まれたという話は見つかりません」

「それは、秋吉航季の会社の人間の話か？　それとも十燈荘内で聞き込みをしたか？」

「会社の方ですね、電話で上司の方に軽く話を聞きました。とても驚いていましたね」

笹井は警察手帳に書かれたメモを読み上げながら告げる。

「あとはまだ……十燈荘は家が点在しているので、この家だって隣まで遠くて、ご近所さんに聞き込みに行くのも一苦労なんです」

「相変わらずの土地柄だ」

深瀬はそう言いつつ遺体を眺める。

秋吉航季の遺体は、書斎の革張りの椅子に座らされていた。その後ろにある窓は閉まっている。

「密室か？」

「部屋の扉に鍵はかかっていませんでしたが、ご覧の通り、窓は内側から施錠されています。引き出しがいくつも開いていますし、この荒らされようは物取りの可能性もあるかと考えています」

「いや、そうとは言えない」

深瀬は即座に否定した。

「ふむ。直接的な死因は窒息死で間違いなさそうだ」

深瀬はかがみ込み、遺体の口から溢れ出しているゴルフボールを見つめた。男には、顎の関節が外れるほどボールが詰め込まれている。

「右手にボールペンを握っているな」

微かな意識の中で、犯人の名を書き残そうとしたのだろうか。その答えは永遠に見つかりそうになかった。

「はい、睡眠薬などで眠らされ意識を失った後に、ゴルフボールを詰められ、それが喉を圧迫し呼吸困難に陥ったものと思われます。胃が、破裂しているのかも……」

不自然に膨らんだ腹を見ながら、笹井は言い淀んだ。

「凶器はゴルフボールか。睡眠薬の根拠は？」

「あちらの机の上に薬剤の瓶があります。注射して使うタイプのようですが、注射器は見つかっていません。注射痕は首筋に。それ以外の外傷もある程度ありますね。腹にも古傷がありましたが、それは昨日今日のものではなかったです」

「何故犯人は、注射器を持ち去って、睡眠薬の瓶を残したんだ？」

「わかりません。ただ、瓶には指紋がついていないとのことです」

「指紋をつけない、拭き去る知能はある。なのに、瓶は残していく。挑発的な犯人だ」

「まあ。この殺し方ですからね……。快楽殺人とか、そういう方向性かな……と」

「犯人像を断定するな。気が早い」

「すみません」

ぴしゃりと深瀬が言って、笹井は首をすくめた。改めて遺体を見る。

「効果の程は不明ですが、仮に意識が戻ったとすると、悶え苦しんだと考えられます」

笹井が書斎の机の上にある睡眠薬の入った瓶を指差した。深瀬はそのラベルを見つめて、書かれている薬品名を読み上げる。それから、笹井の方へ振り返った。

「秋吉航季が途中で目覚め、悶え苦しんだのならば、ボールペンは握っていられないはずだ。おそらく眠ったまま死亡したのだろう」

「あ、そうか……！」

「犯人がゴルフボールをどうやって胃まで押し込んだか、考えたか」

「はい、それがどうやら、これを使ったようです」

笹井は、足下に転がっていたステンレスの棒を指差した。その先にはしっかりと血が付着している。

「それは？」

「外干しに使用する物干し竿のようなものですね。形状と血痕の箇所が一致していました。少し土がついているので、外から持ち込んだものと思われます。この家の庭に置いてあったものを咄嗟に持ってきたと考えるのが妥当かと」

「製品名と入手経路を調べておけ。……果たして計画的犯行か、突発的な犯行か、まだ見えないな」

「どうしてですか？　犯人は睡眠薬を用意しているんですよ。計画性はあるじゃないですか」

「睡眠薬を飲ませると決めているならば、あとは首を絞めたり、出血させるだけで良い。なのに、現場にあるものを使ってゴルフボールを詰める必要があるか？」

「それは、そうです……。睡眠薬は事前入手が必要。でも、殺害方法には突発性が見られる。まして睡眠薬の瓶を残していくなんて、警察を馬鹿にしてます。世間に知らしめたいとすると、怨恨でしょうか？　秋吉家への？　あるいは警察への？」

「調査を続けよう」

そう言った深瀬に頷いて、笹井はもう一度秋吉航季の遺体に目を向けた。

「それにしても……もし、当人に意識が戻った瞬間があったとしたら、その痛みは想像を絶します。本当にひどい殺し方ですよ。被害者に深い恨みを持つ者の犯行としか思えません」

「断定するなと言っただろう」

深瀬はそう繰り返し、それから訊ねた。

「このボールは、もともと家にあったものか？」

「わかりません」

「では、秋吉航季のゴルフクラブのセットはこの家で見つかったか？」

深瀬はゴルフボールに印字されているロゴに目をやった。

「いいえ、そういうものは家にはありませんでした。あと、このゴルフボールは特定の店舗限定です。ネット販売もしておらず、売っているのは藤市にある、藤ゴルフクラブの売店だけだそうです」

「なるほど。仕事が早いな」

「ありがとうございます」

調査結果について初めて褒められ、笹井はぴっと背筋を伸ばした。

「その藤ゴルフクラブという場所に、父親の道具があるんだろう。今はロッカーに預けることも多いというからな」

「そうですね。この点は、実際に藤ゴルフクラブに行かないと確定情報にならないかと」

「優先順位は低い。後回しだ」

深瀬はもう一度、部屋の中を見回した。

レトロな雰囲気で統一された書斎。本棚にはアウトドアやキャンプ、ＤＩＹ、資産運用や旅行関連の雑誌などが多く並んでいる。本は分野別であるだけでなく、色合いや高さまで揃えて丁寧に並べられていた。この部屋の主は相当に几帳面な男だったことが窺える。

「死体はだいぶ硬直している。犯人は、おそらく成人の男、中肉中背。もしくは二人組の可能性か。二人いた場合、女性二人組という線もあり得る。秋吉航季の推定体重は、八十キロはあるだろうからな。睡眠薬を投与された状況を鑑みれば、犯人を自ら招き入れた可能性もある」

深瀬は遺体の右手に触れて硬くなった指を外し、握っていたボールペンを近くにいる鑑識に手渡した。パシャパシャとカメラのシャッター音が書斎に響き渡る。

「当人以外の指紋が出たら教えてくれ」

「深瀬さん」

笹井が眉間に皺を寄せながら訊ねた。

「どうしてそう推理できるんですか？」

「この遺体は椅子に座っている」

深瀬は不機嫌そうに答えた。

「座った状態の人間の胃や食道は収縮している。そこにゴルフボールを入れるのは難しい。体内に、効率的に胃が破裂するほど押し込むとなると、できるだけ肉体は平行な状態にしておくしかない。よって、床に寝かせてゴルフボールを詰めた後、遺体を椅子に座らせたと考えられる。それにはかなりの筋力が要る。女性ならば単独では無理だ。ここから推定すると最低人数は男一人、女性が交じっていた場合二人組となる」

笹井はメモを取りながら頷いた。

「二人の方が犯行は楽でしょうね」

「そういえば、玄関の鍵は壊されていなかったな。他は？」

「どこにも無理矢理侵入した形跡はありません。鍵の閉め忘れがあったら別ですが」

「秋吉家の誰かが家に招き入れているのなら、顔見知りの犯行かもしれん。この十燈荘では知らない顔が一番目立つだろうからな」

深瀬はしゃがんだり、角度を変えたりしながら、現場の状況や遺体のポケットや靴下の向き、内ポケットまで虱潰《しらみつぶ》しに見ていく。ポケットに入っていた財布の中にはクレジットカードや身分証、会員証やポイントカードなどが残されていた。

「部屋を荒らしたのに、財布は盗っていかない。物取りか怨恨か」

「今のところ、土地の権利書や印鑑、通帳も残されています」

「そうか」

「しかし、現時点の情報では犯人は絞り込めません。すぐに藤市全域に規制線を張るべきではないでしょうか。検問などを行い、犯人の動きを封じるべきです」

「藤市の人口は？」

「ええと」

鞄からいくつもの書類を取り出して、それを見ながら笹井が答えた。

「約十万人です」

「そのうち、十燈荘は？」

「約二百世帯です。別荘扱いで住民票がない世帯もありますので、正確な人口は割り出せませんが、聞いたところによると三百名くらいとか」

「暮らしにくい場所だろうな。コンビニもない」

「それはそう思います」

「十燈荘への出入りは既に規制してある。ここから出る道は一つだけ。藤湖トンネルを通る必要があり、出入りする者の身分証はチェックする形だ」

「それはそうですけど、それだけじゃ足りないと思うんですよ。既に十燈荘の外に犯人がいたら、意味ないじゃないですか」

「そうだな。しかし、それを決める権限は俺にはない」

「捜査会議で提案しないと」

笹井の言葉に深瀬は頷かなかった。

「まだあと三人分現場を見なければならないが、その後の聞き込み……捜査範囲は半径五キロ圏内で絞れ。その情報をもとに実況見分などを行うように所轄には伝えておけ」

「なぜ絞るんですか？」

笹井に問われた深瀬は立ち上がる。

「お前も知っているだろう。十燈荘は特殊だ。この山奥にありながら、高級住宅街として名を馳せている。住民も、いわゆるセレブが多い。その中で、この秋吉家は子どもがいるのが特殊だ。ここには学校がないから、藤市にある学校まで車で通わなければならない。そうまでして、ここに住みたいという心理は俺にはわからんが……。とにかく、子どもがいるという条件は他の家とは違うわけだ。この状況下で、怨恨の可能性があるのなら、近くから潰していくのが定石だろう。

逆によそ者がいたならば、目撃情報も出るだろうし」

「わかりました。調べてみます。所轄にも依頼しておきます」

笹井が藤警察署の職員に声をかけに行く間に、深瀬は本棚にある書籍を見つめ、引き出しを出したり本を開いたりと現場を再度チェックし始めた。

「ここも、掃除が行き届いている」

そう言うと深瀬はドアの縁を触った指を見つめた。

「ええ、妻の夏美さんは掃除や料理が趣味だったみたいです」

戻ってきた笹井がそう伝えた。

「とても明るく穏やかな女性だったと、第一発見者の堀田さんも話していたそうです。よくSNSに料理の写真を投稿していて、人気のあるアカウントだったみたいですね」

「そのアカウントは見られるか？」

「堀田さんから聞いています。ただ、夏美さんのスマートフォンは見つかっていませんから、本人のIDでログインすることはできませんね」

「交友関係が洗えないのは痛いな」

「今時は、何でもスマホですからねえ」

秋吉一家が狙われたのは何故か。怨恨である場合は、誰の交友関係からこの悲劇が起こったのか。それを推察するための大きな手がかりは失われている。

「きちんとスマホを持ち去っているんだから、猟奇的とはいえ、犯人に冷静さは残ってますよね」

だからこそ、睡眠薬の瓶の置き忘れというミスは非常に目立つ。しかしながら、それがわざとなのか忘れただけなのか、現時点では深瀬にも笹井にも推察はできなかった。

「ここが、秋吉夏美さんの遺体発見現場です」

笹井に案内され、深瀬はリビングの奥へと足を運んだ。キッチンは過剰なほど綺麗に整頓され、花が飾られていた。シンクには水滴一つなく、コンロ周りに油汚れもまったく見当たらない。洗練されたステンレス素材のアイランドキッチンは、覗き込んだ顔がそのまま映るかのように磨かれている。

「ちょっと、病的に綺麗な感じもしますが」

「遺体は?」

「こちらです」

キッチンの奥に大きな業務用冷蔵庫が置かれている。笹井の手がいったん震え、それでもドアを強引に開ける。中には、手足を曲げた遺体が入っていた。彼女は髪を明るい色に染め、パーマもかけている。

「この方が、秋吉夏美さんです。三十九歳。十燈荘内の藤フラワーガーデンでパート勤務していました。十五年前に東京で秋吉航季と結婚。授かり婚で、翌年には双子の長女、長男が生まれています」

笹井がチラリと遺体を見た。その肌は冷気に晒され凍りついている。

「出身は十燈荘か？」

「いえ。父親の秋吉航季さんはこの藤市出身だったようですが、夏美さんは横浜出身です。航季さんが大学生の頃に東京で出会ったようですね。どこで出会ったかなど詳細はまだわかっていません」

「外傷は？」

「ありますね。ただ、争った傷かどうかはわかりません」

「出血はほとんどないな。首に絞められた跡もない。そして注射痕がある。凍死の可能性が高いな」

深瀬は遺体を舐め回すように見てから冷静に告げる。

「睡眠薬を打たれ、意識を失った状態で監禁され凍死したってことですか」

「司法解剖し、血液と胃の中に残っているものを調べろ。睡眠薬が使われたかどうか確認したい。しかし、業務用冷蔵庫か……」

「十燈荘は店がほとんどありませんから、買いだめ用にこういうものを置いている家は珍しくないようですよ」

「死亡推定時刻が出しにくいな」

「そうなりますね」

「生きたまま入れられた場合、冷蔵庫の温度や周囲のものにも影響を受けるが、三時間程度で低体温症になり心肺停止に陥るだろう」

深瀬は冷蔵庫の脇にかかったエプロンやキッチンの棚を見て、真新しい包丁、調理道具を確認した。

二十畳ほどあるリビングダイニングには、四人掛けのグレーのローソファが一つ、大型の液晶テレビが一台、他には小さい暖炉やこだわりのある手作りの家具やオブジェが並んでいる。庭に視線を向けると、手入れされた花や、仕かかり途中の資材や工具、バーベキューセットや椅子などが目に映った。

深瀬は窓際に飾ってある家族写真を手に取った。

「本当に、何があったんでしょうか。こんな普通の、仲の良さそうな家族に」

笹井が声をかけるが、深瀬は黙ったままバスルームの方へ目を向ける。

「次はあっちか」

「えっ、何故わかるんですか？」

「わかるものはわかる」

リビングダイニングから二人は移動する。玄関を抜けてすぐ右手にバスルームはあった。浴槽に、全身をワイヤーで縛られ顔まで水に浸かった遺体が沈んでいる。

「秋吉冬加ちゃん。十五歳で、藤中学校の三年生ですね。音楽が好きだったようで、藤市内のヴァイオリン教室に通っていたそうです。非常に優秀で、学級委員も務めていたとか」

「外傷は」

「あります。抵抗したんだと思います。あと、これは母親もですが、性的暴行の形跡はありません」

秋吉冬加はダンスのユニフォームのようなものを着ており、裸足だった。浴室の鏡は曇っていて、壁には水滴が目立ち、まだほんのりと湿気が残っていた。

深瀬は手袋を脱いで水に手を入れる。

「温かい」

「はい、浴槽に溜められていたのはお湯でした。自動湯沸かし機能は切られていましたので、段々冷めていったようです。風呂に入るところを襲われたんでしょうかね」

「いや、わざと湯を溜めた可能性もある。死後硬直を遅らせ、死亡推定時刻をわかりにくくするためにだ。人間は血流が止まると二時間ほどで体が固まりだして動かなくなる。つまり死亡推定時刻は血流が止まった後から逆算されるが、体を温めることで血行を促進し、最大で一時間以上死亡推定時刻を誤魔化すことは可能と言われている」

「では犯人は医学の知識がある人間だということでしょうか。医師や看護師とか？」

笹井はペンを走らせた。

「どうだろうか。今のご時世、この程度のことは誰でも調べられる。しかも実際、この程度のトリックで警察の捜査を撹乱することは不可能だ。ただ、意図的に現場を荒らして自分の身元を隠そうとしたことは、覚えておく必要がある」

笹井は頷きながらメモを続ける。

「このワイヤーは？　どこから調達したかわかるか？」

「同じ素材のものが、庭に置かれていたそうです。ＤＩＹ用の資材を犯人が持ってきたのかと」

「夜にか？」

「リビングの灯りが点いていれば見える場所にありました」

なるほど、と深瀬は頷く。

「ともあれ、死因は溺死だ。肺が異様に膨らんでいるからな。大量の水を飲んだのだろう。注射痕は？」

「ありません」

「両親とは殺し方が違うか……」

冬加の首には内出血のような跡はない。意識があるうちに浴槽に顔を突っ込まれて溺死した可能性が高いと深瀬は指摘した。

「全員、争った形跡があるなら、爪の中に犯人の皮膚や皮脂が付着している可能性がある。見落とすなよ」

深瀬は、笹井と共に付いてきていた鑑識に指示を出した。

「時間も経過している。ＤＮＡ採取できるかは難しいところだが、科捜研に回せ。科学と数字は嘘をつかないだろう」

鑑識が頷いたタイミングで、笹井が口を挟む。

「深瀬さん、このユニフォームについても調べてあります」

「部活動か？」

「いえ、これは部活や地域のダンスチームのものではなく、今流行っているアイドルグループの衣装みたいです。単に、ファンだったのではないかと」

「一般販売されているものか？」

「はい、ただ韓国の人気グループの限定グッズのようで。ネットでも高値で取引されているようです」

そう言うと笹井はスマホの画面を深瀬に見せた。確かに同じ衣装が映っている。

「何故、秋吉冬加は自宅でこの服を着ていた？」

「それは、わかりません」

「そもそも家族四人を同時に殺すのは無理がある。一人殺しても、残り三人が逃げてしまう。そうなると、複数犯の可能性が高いが……睡眠薬という問題がある」

「夜中の犯行だったら、子ども達は寝ていた可能性もありますよね」

「しかし、そうなるとこのユニフォームの説明がつかない。気に入っていたとしても、十月だ。この薄着で寝ていたというのは不自然だと感じる」

深瀬は自分の髪を捻りながら、玄関から浴槽までのルートを何度か歩いて往復し、それから階段を見上げた。

「深瀬さん、最後は二階になります」

深瀬と笹井が廊下の左にある階段を上がると、そこには三つの部屋があった。一つは夫婦の寝室で、子どもの勉強部屋がそれぞれ一つ。特段おかしな部屋割りではない。

「扉がおかしい」

「えっ、そうですか？　僕にはわかりませんが、そうかも……？」

秋吉春樹の部屋の扉は少し歪んでいると深瀬は指摘する。

「暗いな」

昼間なのにそう思ったのは、二つある窓のカーテンがどちらも引かれていたからだ。薄暗い部屋の中は雑然としており、テレビ、机、シングルベッド、未開封のカップ麺、脱いだ靴下、教科書、漫画やゲームなどが散乱していた。カーテンレールからカーテンの一部が外れ、そこから光が差し込んでいる。

「ライトを点けましょうか」

「いや、いい」

首を振った深瀬に笹井は部屋の中央を指して説明する。

「ちょうどこの場所で、秋吉春樹くんは倒れていたそうです」

「椅子が倒れているのは？」

「犯人と争ったんじゃないでしょうか。彼は藤中学校の三年生で、昔から勉強熱心で将来は医師になると言っていたそうです。父親と共にアウトドアによく出かけていたとか。しかしここ最近は不登校だと聞いています」

「誰がどう見ても引きこもりの部屋だ」

深瀬の言葉に笹井が頷き、部屋の中央部分のベッド横に立った。

「ここで、ゲームなどに使用するこの配線を使い、首を絞められ倒れていたとのことです。相当強く絞められたようで、凶器となったコードはちぎれかけていますね」

笹井は配線コードを指差しながら状況を説明した。

「間違いなくこれを使ったのか？」

「はい、首に残る跡とも形状が一致しているとのことです」

「では、犯人もこのコードを持ったということだな。解析を急げ。唾液でも皮膚片でも何でも、痕跡を見つけるんだ」

次に深瀬はパソコンのディスプレイに目をやった。デスクトップパソコンは本体が光っており、画面にはいくつものウィンドウが表示されている。

「この画面は犯行当時のままか？」

「そのようです」

「俺にはわからんが、何の表示だ？」

「これはＣＨＡＯ《チャオ》とかいう、人気のオンラインゲームだそうです。オンライン上でチャットをしながら戦うサバイバルゲームで、世界中でプレイされています。どうやら世界大会も開催されているようですよ。賞金は数億円だそうで」

「秋吉春樹もプレイしていたのか？」

「この画面を見るに、プレイヤーですね」

「オンラインゲームの最中に背後から襲われたのか。部屋に人が入ってきても気づかなかった？」

「ヘッドホンが落ちていますし、ゲームの音声を聞いていて気配に気づけなかったんじゃないでしょうか？　現場の状況を見るに、それが妥当な線かと」

「これは犯行当時の画面か？　犯人が何か偽装した可能性は？」

そう言って、深瀬はウィンドウを見つめる。

世界中の誰とでもチャットできるというそのゲームは、朝七時の会話が最後のものだった。

「見ろ。７：０１まで書き込みがある。秋吉春樹の書いたものだな？」

「これは、錯乱状態ですね……」

笹井が覗き込んだ画面には『助けて助けて助けて助けて助けて助けて』とか『どうして』『どうして』『返事してよ！』など、到底正気とは思えない文言が並んでいる。

「相手から返事が来なくて焦っているところを襲われたか？」

「となると、犯人は明るくなるまでこの家にいたってことですか。目撃情報が取りやすいかもですね」

「チャットの会話相手は？」

「待ってください。確認します」

笹井が画面をスクロールし、会話を遡る。随分長く動かしたのに、そこには秋吉春樹と思われるプレイヤーの言葉ばかりが続いていた。日付が変わる前、十月九日まで遡って、やっと相手側の書き込みが見つかった。

「昨日の午後三時が最後ですね。夜になったら連絡すると書いてあります。日本語ですから、相手は日本人のようですね。ユーザー名はｈｏｕｓｅ」

「ハウス……。家、か」

深瀬は呟き、一度部屋を見回した。

「単なる会話相手かもしれないが、一応誰か調べておけ。これ以外にも、秋吉春樹とネット上で付き合いがあった相手の特定と、会話内容の書き出しを急げ」

「はい。この解析は専門チームに任せますね。その方が早いので」

「秋吉春樹と秋吉冬加に補導などの記録は存在しないか」

「あーそれですか。データベースでも照合しましたが、子ども達に逮捕歴や補導歴などは一切ありませんでした。大人についても同様です」

その答えを聞いて、深瀬は部屋をぐるりと見回す。

「確かに、引きこもりでは補導歴もないだろうが……そもそも、なぜ長男だけが生きている？殺し方も雑だ。俺が犯人なら間違いなく、確実に殺して、死んだところを確認しておく。目撃者などリスクでしかないからな。他の三人に比べると実に粗い手法だ。想定外に堀田が現れ、死んだことを確かめる前に犯人は慌てて現場を去ったのか。だが、朝七時にチャットの会話が止まり、八時半に堀田が来たのでは時間が開きすぎている」

「その間に、父親、母親、長女を殺したのでは？」

「二階に引きこもっている人間から殺すのは順序がおかしい。それに、水死、凍死の二人はともかく、秋吉航季は、死後硬直の様子を見ても、もっと早くに殺されている。そして、この長男には睡眠薬を使われた形跡がないんだろう？」

「この点医師に確認していませんが、先に現場検証した所轄の話では、特に見つからなかったと。あと、冬加ちゃんにもありませんね」

「父親、母親にだけ睡眠薬を使い、子ども達には使わない。その理由は？」

「うーん」

笹井は首を捻った。

「大人は殺しにくい、非力な犯人かもしれません」

「そうだな。それも考えられる。容疑者から女性を外すなよ。あとは、子どもだ」

「子ども？」

何をおっしゃりたいのですか、と笹井は顔を顰《しか》めた。

「秋吉春樹が家族を殺したという可能性もある。自分も被害者になることで疑惑を逸らすのはよくある手だ。誰か来るまで待って、警察や救急に通報するよう仕向けたのかもしれない」

「深瀬さん、春樹くんは意識不明なんですよ。医師の話では、もう意識を取り戻す可能性の方が低いんです。仮に家族を殺害したとしても、堀田さんの発見と通報が遅ければ間違いなく死んでいたんです。犯人が、そんな危ない橋を渡りますか。ギャンブル過ぎませんかね」

「心中の可能性を見逃していないか？」

「それにスマホも全員分見つかりません。一家心中なら、灯油を撒いて家を焼いたって良いわけですから、こんな猟奇的な殺人をする理由になりますか」

子どもを庇う笹井の反論に対し、深瀬は不機嫌を顕わに言い放った。

「おい、警察官でいたいなら一つだけ教えてやる。下手な常識は捨てることだ。そういう理屈や理性じゃ片付けられない怪物が社会には蔓延《はびこ》っている。長く警察官をやっていれば嫌というほど出会えるさ」

笹井は唾をごくりと飲み込んだ。

「遺体で吐いているようじゃあ、お前には無理だ」

「えっ、なんで」

確かに、笹井は深瀬の到着前に一度吐いている。それをどうしてこの人が知っているのかと、笹井は動揺した。まるで魔法のような、あるいは名探偵のような台詞だと思った。

言った深瀬は、何事もなかったかのように訊いてくる。

「秋吉春樹の警備態勢は？」

「……はい、本人は集中治療室ですが、入り口には二名の警察官が常時待機、二十四時間態勢で警備についています。一命を取り留めたと知った犯人が現れる可能性もあるので」

「一刻も早く意識が戻ることを願うが、継続して秋吉春樹の素行も調べろ。学校での授業態度から成績、好きな食べ物から趣味まで」

「わかりました」

これで、四つの現場検証が終わった。

単純な一家心中や不慮の事故ではない。その殺害方法には何かしらのメッセージ性があると誰しも感じるだろう。

それを解いていくのが刑事の仕事である。

この常軌を逸した凄惨な現場で眉ひとつ動かさず、淡々と周囲を見渡す深瀬に、笹井は恐ろしさを感じた。一人一人の遺体を見渡し手や足、こめかみ、耳の裏や、ポケットの中身、顔の向きや角度まで、正確に調べつつ、深瀬はメモを取りもしない。全て暗記しているのだろう。

そのとき笹井の電話が鳴り、彼は連絡を受けて頷く。

「深瀬さん、上からです。特別捜査本部で捜査会議を開くので、全員出ろとの連絡が」

「お前が行け。俺は出ない」

「待ってくださいよ。あの木嶋さんですよ、なんて言えば良いんですか」

笹井はそう言いながら、去ろうとする深瀬の前に回り込む。それは、深瀬の逆鱗に触れた。

「俺に近寄るなと言っただろう。俺は誰も待たない。人に関心などないからな」

鬼の形相になり瞳孔を開いたまま怒鳴る男に、笹井は恐怖した。警官として、尊敬できる態度ではなかった。笹井以外の捜査員も、びくついた様子で階段を下りてきた深瀬をちらちら見る。

「俺は第一発見者の堀田まひるに話を聞きに行くため、藤フラワーガーデンへ向かう。帳場にはそう伝えてくれ」

帳場とは捜査本部を意味している。本来深瀬も出席しなければならない立場で、それを無視して良いわけがない。けれど深瀬は上着の内ポケットからスマートフォンを取り出し、何やら検索を始めるだけだった。

「わかりました……。そう言っておきます。指示されたことも進めておきますから」

「大中《おおなか》管理官にはこっちから連絡を入れておく。調査結果はすぐに報告しろ」

そう言って深瀬は一人、秋吉家を出て行った。残された笹井も、静岡中央市の県警本部に戻るべく家を出た。

「ｈｏｕｓｅ……。家、か」

振り返った家は、中の住人がいなくなったことなど気にもしていない様子で、悠然と別荘地に佇んでいる。ほんの一日前まで家族団欒の象徴であったはずの場所での凶行を思って、笹井は拳を握りしめた。

殺人事件など、絶対に許してはならないのだと。

二

静岡中央市と藤市の境目に位置する藤湖は、古来国内でも随一の透明度を誇る湖で、観光地としても高い人気を誇っていた。藤湖は、傍で見るよりも高いところから見下ろした方がより景観が楽しめると言われ、まさにその絶景を堪能できる十燈荘は、高級別荘地として名が知られていた。

さらに言えば、暗黙のルールとして、住民にはいくつかの階級が存在すると噂されていた。住民の多くは各業界で成功を収めた者達や、資産のあるリタイア組、あるいは国外の富裕層と言われている。

観光客の受け入れどころかよそ者の移住をも極力拒むこの町は、排他的であることでも有名だ。その唯一の例外は、四月から五月にかけて街全体が紫の藤の花で埋め尽くされるふじ燈篭祭だった。夜、燈篭を藤湖に浮かべたり、あるいは夜空に飛ばす伝統行事で、藤湖の湖面に光が反射して映る姿はまさに日本の絶景と言える。それ以外の日は、近所の住民が井戸端会議する場すら見当たらない。それぞれの家が広く、車も持っているため、歩いて外出する者など滅多にいないのだ。学校へ通う生徒すら、車での送り迎えが前提である。

丘の上を段々状に幾重にも高級住宅が建ち並ぶ、その舗装された道を車で深瀬は下りていった。秋吉家は、十燈荘に住むにはどう見ても資産が足りない家だ。それでもここの住人だった理由を深瀬は考えていた。

秋吉家から車で五分ほど下った場所に、その花屋はある。深瀬は駐車場に車を停め、細い体をゆらゆらと不気味に揺らしながら店の入り口に向かった。

深瀬は四十二歳。静岡県警に所属して二十年以上経過している。最近十燈荘に来た用事は、藤フラワーガーデンから少し外れたところにあるクリニックへ定期検診に通うというものだった。殺人事件が起こっても住民に愛されるこの町にとって、自分はたまに訪れる異物だろうと思っている。

ＯＰＥＮ表記の木目調の看板が掛かった小さな花屋は木造で、温かみのあるインテリアがいくつも並んでいた。平屋で奥の方は住宅になっており、そこが第一発見者、堀田まひるの住む家のようだった。

入り口を開けると、からんからんと綺麗な音色が響き、花の香りが一気に広がった。

「いらっしゃいませ」

堀田が快活な声で客を出迎える。しかし、振り向いた彼女は表情を硬くした。

「お客さんじゃないですよね」

彼女が目にしたのは、長身でクマのひどい髪がボサボサの中年男だったからだ。とても花を注文しに来たようには見えないし、それは事実だった。

「ええ、これは失礼。私は静岡県警の刑事で深瀬という者です。ちょっとお話よろしいでしょうか」

「ええ、はい。いらっしゃるとは思っていましたので」

カウンター越しに堀田が答えた。堀田は水で花を洗いながら、コンロでお湯を沸かしていた。

「ご存じの通り、この十燈荘で殺人事件がありました。あなたが第一発見者だと聞いていますが、真実ですか？」

「その通りです」

堀田まひるは、地味な外見ながら明るく朗らかに話す中年女性だった。

「お名前とご年齢は？」

「堀田まひる、四十一歳です」

「最初に聞かせていただきたいのですが、昨夜から今朝まで、どこで何をしていましたか？」

アリバイの確認だと理解した堀田は、緊張しながら答える。

「昨夜は、夜にパーティーを開かれるお宅にお花を届けて……それが十八時前でした。その後は店に戻って店じまいをして、ここが自宅ですからそのまま夕食を取って寝ました。朝は四時に起きて藤市の青果市場に行って仕入れをして、帰ってきたのが八時頃です。市場ではいつものお店で挨拶していますから、聞いてもらえれば私が来たことがわかるはずです」

「わかりました。ご協力ありがとうございます」

堀田まひるは、朝七時には十燈荘にいなかった。よって、七時のタイミングでチャットの会話が途切れている秋吉春樹を襲うことはできない。

昨夜の訪問先の名前、市場の店の名前を聞いた深瀬は、メモもせずに次の話題を持ち出した。

「あなたはこの店の店長ですか？　いつから？　仕事はお一人で？」

深瀬の矢継ぎ早な質問に、堀田は少し押され気味に答えた。

「はい、私が店長です。三年前までは母と一緒にやっていたのですが、体を壊して入退院を繰り返すようになって……母が働けなくなったので、しばらく一人で店を切り盛りしていましたが、去年の四月から夏美さんにパートとしてきてもらうようになったんです。とても助かっていました」

「そして今日、あなたが、無断欠勤の夏美さんの遺体を発見したと」

「そうといえばそうですが、私が最初に見つけたのは、お風呂場の冬加ちゃんです。チャイムを鳴らしても誰も出なくて……押してみたら玄関のドアが開いていて、入ってみたら誰もいなくて、お風呂場に電気が点いているようだったので覗いてみました」

「なるほど」

深瀬は頷いたが、やはりメモを取る素振りは見せなかった。

「表札近くに血痕がついていましたが、それに気づいたときには通報しなかったのですか？」

「え、血痕があったんですか……それは気づきませんでした。警察に電話したのは、冬加ちゃんが見つかったときです。そのあと、他の皆さんはどうなのか心配になって、家の中を見て回りました。書斎で旦那さんが見つかって……とても恐ろしい亡くなり方でした。その後、二階へ上ったら春樹くんを見つけて、まだ息があったので急いで救急車を呼びました」

「警察に、犯人と遭遇する危険があるから家を出ろと言われなかったのですか？」

「言われましたが、でも心配じゃないですか。夏美さんを探さないとと思って……見つかりませんでしたけど」

「では、あなたは夏美さんの遺体は見ていないのですね」

「はい……あとから警察の方から電話があって、事情を再度聞かれたときに、夏美さんのことも聞きました」

「なるほど。自然な流れだと思います。それで、夏美さんとはどういう関係でしたか？」

「ええと、ちょうど一年半前くらいからですかね。夏美さんが仕事を探しているって話を聞いて、うちも人手不足になっていたので、雇わせていただきました。とても明るい人だし、社交的で仕事を覚えるのも早くて助かっていました。お客さんからも慕われていましたよ」

「あなたに似たタイプということですか？」

「ええ？　違いますよ」

「あなたも話すのが得意で、人当たりが良いように見えますが」

「それは、ありがとうございます」

堀田は困惑しながらも、それを褒め言葉だと捉えて深瀬に礼を言った。

「でも本当に違うんです。夏美さんは、私と違って都会から来て、着ている服もオシャレだし、お料理も得意で、写真をよく見せてもらいました。どれもレストランみたいで、素敵だなって思っていましたよ」

なるほど、と深瀬は頷いた。病的なまでに綺麗なキッチンで、レストランで出てくるような料理の写真を撮る。ここまで、夏美のイメージは一貫していた。

「何か人から恨まれるようなことはありませんでしたか。何か悩んでいるとか、相談されたことは」

「いいえ、まったく思い当たりません。夏美さんは見た目に気を遣っていましたが、派手に遊び歩くといった性格じゃなかったですから。ご家族といるところしか見たことはありませんし。正直、ご友人の話や学生時代の話も、ほとんど聞いたことはありませんでした。東京から来たっていうから、色々教えてほしかったんですけどね。私も、東京への憧れはありますから」

「トラブルなどは抱えていなかったのですね」

念押しするように深瀬が聞いた。

「はい。刑事さん、こんなことが起きるなんて未だに信じられません。悪い夢なら良いのに。本当に仲の良いご家族で、ここ、十燈荘はお金持ちが多いんですけど……お子様のいるご家族は少ないでしょう？　だから、周囲から羨ましがられる存在でした。十燈荘で子育てできるなんて、特別ですからね」

「ここに来るまで人を一人も見ませんでしたが、どこで、誰が、羨ましいと言っているんですか？」

「刑事さん、それはちょっと、意地が悪いですよ」

堀田は少し首をすくめた。

「こんな場所です。藤湖は綺麗で魅力的ですが、娯楽はそれだけです。出歩いて井戸端会議をするような人はいません。だから、『じゅっとう通信』でみんな話をしているんです」

「ほう？」

深瀬は興味をそそられるように、少しだけ身を乗り出して、カウンターの中にいる堀田を見つめた。お湯が沸き、堀田はコンロの火を消す。既に十二時十五分。お昼時で、長居は商売の邪魔だろうが深瀬はまったく意に介していなかった。

「それは何ですか？」

「ええと、掲示板とか、今だとSNSって言うんでしょうか？　十燈荘の住人だけが使えるネット上のコミュニティサイトです。家から出なくても、ここで話ができますし、そもそも自治会の連絡がそこでされるので、みんな見ているんです」

「そうですか。そのサイトは、私も見ることができるでしょうか？」

「いえ……私の端末からならお見せできますが、アクセスできるのは十燈荘に住んでいる人だけです」

「あまり聞かない話ですね。どういう仕組みでしょうか？」

「と言われても」

困惑した堀田が、新しい人物の名前を口にした。

「詳しいことは、管理会社の吉田さんに聞いてもらえませんか？　私じゃわかりません」

「管理会社というのは？」

「ここからもう少し下って脇道に入ると、十燈荘エステートって会社があるんです。小さいですが、ビルが建っていますよ。十燈荘でビルって珍しいからすぐわかります。そこの社長の吉田さんに色々聞けば良いいんじゃないでしょうか」

「わかりました、ありがとうございます」

深瀬は軽く頭を下げて、話を切り替えた。

「では『じゅっとう通信』の件はここまでにして、夏美さんのことをもう少し聞かせてください。夏美さんがここに引っ越してきたのは六年前ですよね。何故、去年の四月から急に働き出したのでしょうか？」

「さあ……理由については聞いていません。ですがお花は好きだと言っていました。自宅のリビングに飾るためのお花もよく買ってくれましたし、ガーデニングも楽しんでいると聞いたことがあります。うちは社員割引がありますから、それが理由じゃないですか？」

「決めつけるのはよくありません」

深瀬は笹井相手の時よりは優しく、それを諭した。

「人間の行動には必ず意味があります。働き出すタイミングは人それぞれでしょうが、だいたい子どもの手がかからなくなった時などが多いでしょう。もしくはお金が必要になったか、家にいることが嫌だったとか」

「確かに春樹くん達はもう中学三年生ですし、パート勤務ならもっと前に始められますよね。でも、お金がないとか家にいたくないとかは、考えすぎじゃないでしょうか。思い当たることがありません」

刑事というのは仕事柄、細かいことが気になるのだろうと堀田は口を尖らせた。そうかもしれません、と深瀬はその話を流す。

「ところで堀田さん、あなたはこの十燈荘でずっと商売をされているのですか」

「ええ、このお店は祖母の代から続いています。ずっとこの十燈荘で花屋を営んでいるんですよ。うちの他は、さっき言った十燈荘エステートさんも長く商売をしています。うちは花屋で、あちらは最初は植木屋だったんです。今では何でも屋みたいなことやってますけど。他にも、昔はお店がもう少し多かったんですが、道が整備されて藤市まで車で往復するのが楽になったら、いくつかのお店は潰れちゃいましたね。スーパーで買いだめすれば良いから、小さな店はやっていけないんです」

「住民は、積極的に店を潰そうとしているのですかね？」

「人聞きの悪いことを言わないでください。……でも、そうですね。この町に住んでいる人は、お店なんてない方が高級住宅街として価値があるって考える人が多いみたいですよ。うちはなんとか、お花を届ける仕事で食い繋いでますけど」

「花屋一本で、長年経営されているのは凄いことだと思いますね」

「祖母も母もやり手だったんです」

少し嬉しそうに、堀田は家業を説明した。

「昔はお花も売れなくて、わざわざ買うものじゃないって空気があったんですけど、色んな家を回って、お花の飾り方をお話ししたり、華道教室を開いたり、そういうので需要を掴んでやってきたんですよ。まあ、お葬式が一番大きな儲けだったみたいですけど。これは今でもそうですね」

そう言ってから、あっと堀田は口を噤《つぐ》んだ。

「秋吉さん達のことは、本当にお気の毒で、お葬式があるならお花はサービスしたいと思っているんですけど……」

「だいたいわかりました。経営は順調ということですね？」

「はい、冠婚葬祭やイベントはもちろん、十燈荘で行われる行事にはほとんどお花を届けさせていただいています。パーティーを開く方も多いですから」

「店頭や電話で注文を受けた花を、あなたが直接個人の自宅へ届けたりすることもあるのですよね」

「はい、ご要望があればお届けいたします。十燈荘内は送料無料ですし、お届け先が藤市内でも有料でお伺いすることは可能です」

「当日配達ですか。お一人で切り盛りされていては大変でしょう。配達は夏美さんがやられていたのですか？」

「いいえ、配達は基本的に私が行っていました。夏美さんにはお店での接客などをお願いしていましたね。予約、栽培、配達、管理、仕入れ、包装など仕事は山ほどありますが、私もルーティーンをこなすのは得意ですし、夏美さんが来られてからは、協力し合いながら二人で切り盛りしていた感じでした。ただ、私の方がこの町には詳しいので配達の効率が良いんです。夏美さんはバイクも運転できませんでしたし。届け先がすぐ近くなら徒歩でも行けますけど」

「では、店の裏手にある花やハーブ、全て売り物でしょうか。これだけの規模となると、全ての手入れも毎日の水やりだけでも大変でしょう」

「まあでも基本は自動散水機を使ってますから。配達している間にセットしておくことが多いですね」

「わかりました。ところで、元店長のあなたの母親も、ここに住んでいるんですか？」

「いいえ、いま母は藤市民病院に入院中です。三年前からは出たり入ったりですね」

それは秋吉春樹が緊急搬送された病院でもある。しかし、この地域の中核病院と言えばそこなのだから、深瀬はそれを不自然だとは思わなかった。

「差し支えなければ、どんな病気かお伺いしても？」

「主には認知症で、他の病気もありますけど、それで薬を飲み忘れてしまうし、私も仕事があってずっと見ていられないので……体調が悪化したら病院にお願いして入院させてるんです」

「ここからでは、お見舞いも大変でしょう」

「ちょっと遠いですね。でも車で四十分程度ですから」

深瀬は軽く頷いた。

「食料品店もないと聞きますが、十燈荘は暮らしにくい町ではないですか？」

「ええ、そうかもしれません。でも、食べ物も日用品も買いだめすれば良いだけですし、何より藤湖が綺麗ですからね」

「あなたもここがお気に入りですか。その感覚は、私にはわからないんですが」

「それは残念ですね」

その堀田の言葉は、心からの同情のように深瀬には聞こえた。藤湖の素晴らしさを理解できないなんて可哀想、とでも言いたげな表情を向けられる。

妙な視線をもらった、と思いながらも深瀬は質問を続けた。

「昔は、この地域は地元の住民が多かったと聞きます。しかし、別荘地として十燈荘が開発され、今では国内でも折り紙つきの高級住宅街になりましたね。聞いた話だと、自治会で、土地ごとに建築に使って良い敷地面積まで決まっているとか？」

「自治会のことは、詳しく話せませんけど……まあ、色々制約があるんですよね」

ため息をついた堀田に深瀬が訊ねる。

「ここは、単刀直入に聞きましょう。排他的な高級住宅街で、小さな花屋をやっているのは肩身が狭くありませんか？　セレブと言って良い他の住民達から疎まれたことは？」

この質問に、堀田は少しだけ表情を曇らせた。

「つまり、私が貧乏人だと夏美さんにさげすまれて、その腹いせに殺したとでも言いたいんですか？」

「そういうわけでは」

深瀬は動じずに答える。

「ここは私にとっては故郷です。どちらかというと、後から来たお金持ちの方々の方が新参だと、心の中では思っていますよ。もちろん言いませんけど。私は藤湖を見て育ったんです。それって、素晴らしい特権で、自慢できることなんですよ」

そこまでのことだろうか、と当然深瀬は思ったが、堀田の言うに任せた。ここに、彼女の本音が隠れているような気がしたからだ。

「夏美さんは新参でしたが、旦那さんの航季さんはこの十燈荘の出身なんです。だから、ここで土地を買う許可が自治会から下りたんですよ。十燈荘は、ここの出身者を大切にする文化があるんです。小さいお店だからって、バカにされるようなことはないですよ」

「そうでしたか。失礼しました。ただ、気になることが……」

「何ですか？」

「そんな閑静な別荘地で殺人事件が起きた。ましてや一家惨殺事件です。住民の皆さんもあなたも、とてもショックでしょう」

「ええ」

「それでもあなたは、事情聴取から帰ってすぐにお店を始めていらっしゃる」

「そうですね。だって、お店を開かなきゃ生きていけないじゃないですか。母の入院費もありますし。夏美さんのことはお気の毒ですし、春樹くんには助かってほしいですが、私にも生活があるんです」

「ごもっとも」

そう言った深瀬は、入り口の外にあるバイクに目をやった。店のロゴが入っている。他にも、店内には同じ模様の花瓶が並んでいて、それらは藤フラワーガーデンオリジナルの商品のようだった。

「確かに、殺人事件が起こっても、仕事はしなければなりませんね。私もそうですし」

「ふふ、刑事さんも冗談を言うんですね」

堀田は深瀬の話をジョークと受け取って、少し噴き出した。

「昔はどうでしたか？」

「昔って？」

「この十燈荘では過去にも痛ましい事件がありました。その時あなたは……」

「ああ、あのとき。私は二十五歳で、この店で母と働いていました。母も、店を閉めるわけにはいかないと言って……。恐いけれども仕事はありますからね」

「そうですか。あなたも、十六年前の殺人事件のとき、ここにいたんですね」

「……十燈荘妊婦連続殺人事件」

堀田は怯えるように両手をさすりながら頷いた。深瀬はあえて深呼吸をして続きを待つ。

「あのときは、女の人ばかり狙われてすごく怖かった。しかも妊婦さんですよ。ひどすぎます。あの、でも、今回とは犯人が違いますよね。だって、あのときの犯人、捕まってますよね？」

「正確には、被疑者死亡により書類送検。逮捕はできませんでした。若い青年でしたよ」

「詳しいですね。今朝の殺人事件があって、もう調べたんですか？」

その堀田の疑問に深瀬は軽く首を振る。

「隠していて申し訳ない。混乱させると思って言わなかったのですが、私は十六年前の捜査に加わっています。当時のこの店に話を聞きに来て、あなたや前の店長にも会っています。ですから、調べるまでもなかった」

「ええっ？」

堀田はあからさまに驚いた。

「あの時のこと、色々あってあまり覚えていないんです……でも、刑事さんみたいな人に会ったら、絶対忘れないと思うんですが」

それは深瀬の不審な外見についての遠回しの評価だった。

背が高く、不健康な顔色と肌の色、目の下のクマ、縮れた髪。そこに黒いコートを着ているのだから、死神のような印象は一度見たら忘れ難いはずだと。

「当時は私も快活な青年でしてね。あなたがお若かったように」

「そ、そうですか」

堀田は深瀬の台詞を冗談だと受け取ったらしく曖昧に頷く。

「あの事件、もう十六年も前なんですね」

「ええ。今日また殺人事件がありましたが……不思議なことに、かつての事件の後、それでも十燈荘の地価は落ちなかったと聞いています」

「被害者の方のご家族は、家を手放した方が多かったですね。その跡地は、今でも更地です。でも、人が減った分募集をかけたら、すぐに希望者で埋まりましたよ」

そうですか、と深瀬は窓の外に目をやりながら話を変えた。

「今や藤湖は世界遺産ですからね。その話も含めて、失礼ながら、私には薄気味悪い場所に思えますが……全員が何もなかったかのように多くの屍の上に胡座をかいているようで。私は、少し前からこの先のクリニックに通っているんですが、いつ来ても奇妙な町です」

「外の人だからそう思うんだと思います。ここに住んでみれば、きっと変わりますよ」

「でもまあ、住めるような資産家じゃないですからね。夏美さんは、ここに移住できたことを喜んでいましたか?」

「ええ、でも夏美さんより旦那さんの航季さんの方が、だいぶ張り切っていたようでしたよ。航季さんは東京で就職された後にご両親が亡くなって、家を売ってしまったそうですから。でも、やっぱり藤湖の見えるこの町で子育てしたくなったんだと聞きました。藤市民なら誰でも憧れの町ですからね。あと、特に航季さんは、お子様に自然の中で育ってほしいと思っていたみたいです」

「そうなんですね。あなたは、夫の秋吉航季さんとも親交があったのですか」

「世間話をする程度ですが、でも」

ご自宅にお邪魔したこともあります、と堀田は答えた。

「なるほど。私も秋吉家に行ってきたのですが、あの家は新築ではないようですね。リノベーションされている。ドアの脇や廊下には増築された箇所が見受けられました。特に浴槽やキッチンなど水回りは最新設備でしたし」

「はい、そうです。古家を買い取ってリノベーションしたんですよ。そもそも土地には限りがありますから、中古住宅を買ってリノベーションされる方は多いですし。秋吉さんの家は、藤市にあるリノベーション会社が改装したはずです。確か、『リノックス』って名前で、担当は前川さん……」

「リノベーション前に、そもそも家の購入のハードルが高いのではと思いますが、ローンや資金に困ったという話は聞いていませんか」

「お金のことは……でも、リノベーション会社は、土地購入も担当していると思うので、その前川さんという方が親身になってくれたんだと思いますよ。自宅の完成後も担当さんを誘ってアウトドアへ行ったり、家族ぐるみで付き合ったりしてたみたいです。あ、そうだ。前にバーベキューに誘われて、夏美さんのご自宅の庭にお邪魔したんです。そのとき、その前川さんにもお会いしました」

「それはいつの話ですか？」

「今年の夏でしたね、八月だから、二ヶ月前です」

「なるほど。そのバーベキューは何人くらいのイベントでしたか？」

「ええと、夏美さんの家族と、私と、前川さんと、あ、冬加ちゃんのお友達もいましたね。全部で六人でした」

「六人？　七人では？」

「あ、その日、春樹くんはいなかったので」

そこから考えると、秋吉春樹は単に学校に行けないだけでなく、家族とも上手くいっていなかった可能性が窺える。他にも新しい交友関係が挙がってきたため、深瀬はそこを確認した。

「では、その冬加さんのお友達の名前はわかりますか」

「確か石山という名字だったと思います。女の子でした」

「ありがとうございます。その子を探してみますが、もし何か思い出したら、ここへ連絡をいただけませんか」

深瀬は名刺をカウンターに差し出した。堀田は慌てて濡れた手を拭いてから、それを受け取る。

「それと、夜はあまり出歩かないようにお願いします。猟奇的な連続殺人犯がどこかに潜んでいますから。あなたの想像しているよりも、ずっと近くに」

「脅かさないでください。そんな、映画みたいに」

深瀬の物言いに堀田は肩をすくめた。しかし、深瀬はぴくりとも笑わなかった。

「この土地で、新参者は目につきすぎる。あなたも、私が入り口から入ってきた時に異分子だと思ったでしょう。見ない顔だ、雰囲気の違う男だと。そして今この街をウロウロしているなら警察関係者に違いないと」

「ええと、それが普通だと思いますが。警察の人が目立つと、よくないってことですか？」

違います、と堀田の質問に深瀬はぴしゃりと答える。

「秋吉家三人を殺害した犯人は、この十燈荘に住む人間ということですよ」

藤フラワーガーデンの店長、堀田まひるは、刑事の話にぽかんと口を開けた。まるで思い当たることがない、という表情だった。

三

十三時、深瀬は「十燈荘エステート」と看板が掛けられた二階建てのビルの前に立っていた。藤フラワーガーデンからさらに下った、藤湖の側に立てられた社屋は灰色で、いかにも事務所という雰囲気だった。駐車場は広く、高級車から軽自動車、中型バス、トラックまで幅広い種類の車両が並んでいる。

深瀬はその一角に車を停めた後、ゆらゆらと入り口まで歩いてチャイムを鳴らした。受付と思しき若い女性が内側から半透明のドアを開ける。

「はい、どちら様でしょうか？」

「静岡県警の深瀬と言いますが」

不健康そうな見た目の男を不審そうに眺めた女性は、警察手帳を見せると、パッと表情を明るくして振り返った。

「社長！　警察だって！　警察の人が来てくれました！」

歓迎ぶりに面食らいつつ、深瀬はそのまま奥に通され、一階の応接間のソファに腰を下ろした。目の前に、眼鏡を掛けた中年の男が座る。

「いやあ、警察の方ですか。よく来てくださいました」

「どうも。静岡県警の刑事で、深瀬という者です」

「犯人は？　捕まりましたか？」

あまりパッとしない見た目の男は、食い気味にそう訊ねてくる。

「捜査中です。まずはお名前と年齢をお伺いしてよろしいでしょうか？」

「ああ、申し遅れました。私、十燈荘エステートの社長をしております、吉田静男です。今年で五十になります」

「ありがとうございます。最初に聞かせていただきたいのですが、昨夜から今朝まで、どこで何をしていましたか？」

「なるほど、アリバイの確認ですね」

吉田は頷いて、機嫌良く答えた。

「昨日の夜は、十時には仕事が終わって家に帰りました。うちは藤市内にあるので、三十分はかかりますね。で、家族と一緒にいましたが、身内の話はアリバイにならないんでしたっけ？　朝は八時出社なので、七時半には家を出ました。ここにいる社員も、全員八時には出社していましたよ」

「社員は全部で何名ですか？」

「私含め、五人います。名簿を用意しますね」

おい、と社長が声をかけ、先程の受付の女性が頷いた。

「ところで、この会社はいつできたんですか？　十六年前はなかったですよね。植木屋があったのは記憶していますが」

「刑事さん、あの殺人事件の時にここの捜査をしたんですか。そうですよ。うちができたのは二〇〇九年です。十一年前ですね。十燈荘も店が随分減ってきて、うちもここの人達に色々頼まれて何でも屋みたいになってたんで、いっそのこと看板を変えようってことになりまして」

「それで、総合サービス会社としてこのビルを建てたわけですね」

ええ、と社長は力強く頷き、先程と同じ質問を繰り返した。

「刑事さん。今回の犯人は捕まりそうなんですか？」

「その前に、あなたは今回の事件をどこまでご存じなのでしょう」

深瀬の問いに、男は得意げに答えた。

「そりゃあ、だいたい知ってますよ。秋吉さんとこで殺人事件があって、子ども一人しか助からなかったって話でしょう。十燈荘では昔も殺人事件がありましたから、みんなパニックですよ」

「みんな、というと、やはりそれは『じゅっとう通信』で話が広まっているんですか？」

「そうです。この辺の人はあんまり出歩かないですからね」

社長は特に隠すこともないように自分の端末を見せてくる。

「こんな感じですよ」

スマートフォンで深瀬が確認した画面には、無責任とも言える噂話がいくつも並んでいる。犯人は秋吉家に恨みがある人物だとか、お金がなくて借金でもしてたんじゃないかとか、裏取りのできていない情報ばかりだ。

深瀬は眉間に皺を寄せて画面から顔を上げた。

「そもそもの話ですが、この『じゅっとう通信』というのは、どういうものですか？」

「どういう……って、十燈荘内の連絡手段ですね。会社設立後に作りました」

「通常、メールやSNSで連絡がつくと思うのですが、わざわざこのような場所がある理由は？」

「まあ、回覧板みたいなものですよ。十燈荘エステートと契約している住民だけがログインできる仕組みになっています。」

吉田はそう説明する。

「藤市だと、回覧板を自分で隣の家に回しますが、ここは高級住宅街ですからね。隣の家も遠いし、そんなことをしたくない住人ばかりで。別荘にしていて普段はいない人も多いですし、連絡事項はこうやってインターネットに書いておいた方が良いってことで、うちがそういうシステムを開発したんです。IDが住民それぞれに割り振られて、メッセージボックスで住民同士がやり取りできるようになっています。雑談できる掲示板もありますよ。今は今回の事件の話でもちきりですが……今は彼が管理してます」

そう言って社長が指差した机には、雰囲気の暗い青年が座っている。とはいえ、深瀬のクマの深さに比べたら、その青年はまだ健康的に見えた。深瀬は続けて訊ねる。

「先程、藤フラワーガーデンの堀田さんから聞いたのですが、この『じゅっとう通信』にアクセスできるのは、十燈荘の住人だけだとか」

「あ、はい。もちろんそうなってます。他の地域の人が見られたら困りますから」

「どういう管理になっているのですか？」

「いや難しいことは……説明してやって」

社長から指示を受けた部下は、バインダーを深瀬の手元に持ってきて仕組みを話し始めた。

十燈荘は、百年ほど前に藤市が別荘地として開発した地域だ。藤市から十燈荘への道は、藤湖トンネル一本だが、そのトンネルも百年前に造られている。関東大震災やその後の地震でも被害が出なかったということもあり、トンネルを抜けて藤湖の湖面が眺められるそのルートは、神の道とも呼ばれている。

戦前から戦後にかけて十燈荘は、富裕層の他に、下働きとして雇われたたくさんの人々が住んでいた。彼らはみんな、眺めの良い丘の上ではなく、この会社のような藤湖のすぐ傍に住んでいたのだという。十燈荘では、下に行くほど階層が低いと見なされる。やがて、住民ではない働き手は車で十燈荘に通うようになり、店はどんどん減っていった。

十燈荘は藤市の一部で特に行政的に区切られた地域ではないので、区長といったまとめ役はいない。自治会はあるが、トップを決めるのも角が立つということで自治会長もいない。しかも、住民は道路脇の草取りやゴミ捨て場の管理などをやりたくない。

そういうわけで、自治会から雑用を一手に引き受ける会社として、十燈荘エステートが設立された。元植木屋で、いまは何でも屋である。昔は回覧板代わりに各家に連絡を書いた手紙を配っていたが、今はインターネット上に連絡を掲載するだけなので随分楽になった。その仕組みがじゅっとう通信であり、住民同士が雑談できる場でもある。

十燈荘の住人は、入会金百万円、月額十万円の自治会費を払う必要があり、その自治会費が十燈荘エステートの収入になる。

そして、住民からの要望に何でも応えるのが十燈荘エステートの業務である。道ばたの雑草を刈るのも、庭木の剪定をするのも、各家を回ってゴミを収集するのも、買い出しの代行も、パーティーの手配をするのも、子どもを学校や塾へ送り迎えするのも、仕事の範囲内だ。その依頼も、じゅっとう通信を通じて行われる。

「十燈荘の住民は、皆さんこの『十燈ネットワークサービス』というのに加入して、『じゅっとう通信』にアクセスしているんですね」

「はい。あと正確に言えば、この会社の人間は住民じゃないですが、仕事上使えることになっていますね」

「調査のため、私にもそのＩＤというのをもらえますか？」

深瀬がそう訊ねると、社長の吉田は少し表情を曇らせた。

「そういうのって、法律的に大丈夫なんですかね」

「違法なことはしませんし、必要があれば令状を取ってきます」

「あ、そうですか。それなら一つ作ってやって」

「ちなみに、『じゅっとう通信』に、ｈｏｕｓｅというＩＤを使っている人がいるかどうかわかりますか？　英単語で家のつづりです」

「それも調べます」

吉田の指示で、先程の若い社員がパソコン画面に向かう。その時間に深瀬は吉田に質問し始めた。

「この会社は、秋吉家とはどういう付き合いがありましたか？」

「どうって言っても、普通ですよ。ゴミ回収とか、買い出しの代行とか、一番多いのはお嬢さんの学校への送り迎えですね。藤中学校までは遠いから」

「秋吉冬加さんですね。春樹くんはどうですか？」

「春樹くんは……小学校の頃は送り迎えしていたんですが、中学に入ってから姿を見ませんでしたね。詳しく聞けることでもないんで、事情は知らないんですが」

「わかりました。それで毎朝、この会社の車で送っていたのですか？」

「はい。といっても、流石に一家に一台ってわけにはいかないので、乗り合いバスみたいな感じで、藤市と十燈荘の間を走らせてますね。もちろん、その時間以外でも、呼び出されれば行きますけどね。タクシーみたいに」

「『じゅっとう通信』は、十燈荘内からしかアクセスできないのでは？」

「ああ、そうなんですが、登録された電話番号から電話があれば受付してますよ。冬加ちゃんは、遅くまで塾の日もあるみたいで、夜中に迎えに行くこともありましたね。あの子が殺されてしまったなんて、可哀想なことです」

「ええ、本当に」

深瀬は頷き、さらに問いかけを続けた。

「この会社以外でも、秋吉家の交友関係について何か知りませんか？」

「うーん。秋吉さんちは、ここに家を買うときに中古で買ったんで、リノベーション会社と付き合いを続けてましたね。物件を買うのもうちを通す必要があるから、うちからその会社に中古住宅を紹介したんですよ。リノベはうちもやってるから、うちに直接頼んでくれてもよかったんですが、そこはあれですね。先に声をかけたのが、そっちの会社だったってことで、仁義ですね。確か静岡中央市のリノベ会社の……なんだったかな」

「リノックスの前川さん？」

「ああ、そうです。旦那さんはその人と、ずっと取引してましたよ。最近は庭を整備するとかで、資材を運んでるのを見ました。ちょうどこの近くの道を通りますからね」

「ありがとうございます。たとえば、秋吉家のトラブルなどはご存じないですか？」

「いやあ、知りませんね」

吉田がそう答えたところで、あのう、と口を挟んできた社員がいた。先程の、受付の女性だ。

彼女はお茶を二人分テーブルに置きながら、言いにくそうに告げる。

「夏美さんなら、あったような……」

「え？」

「社長は知らないでしょうけど、『じゅっとう通信』で、ちょっと陰口言われてましたよ」

「見せてください」

深瀬が告げると、女性は自分のスマートフォンを差し出した。

「これです」

雑談、というタイトルの掲示板には、確かに悪口が書かれている。『あの見た目だけ綺麗な料理、全部買ったものみたいよ』『自分で生けたお花って言ってるけど、花屋さんにやってもらっただけ』『あの人、働き始めたみたいだけどお金がないのかしら。外に引っ越した方が良いんじゃない？』『自治会費払えないみたいよ』など、攻撃的な文章が並んでいた。

「まあ……これだけで名誉毀損というわけではないですが、あまり品の良い内容とは言えませんね。そもそも、具体的に誰のことだと名前が書いてありません。これが夏美さんの話だと、あなたはわかるんですか？」

「ええと、夏美さんは、ここじゃないSNSで料理の写真とか上げてて、それなりに人気があるんです。だから嫉妬されてるのかなって。旦那さんも優しくて、お子さんも二人とも頭が良いって自慢してるって言われてて。働いてるって話も夏美さんのことだと思いますし。半年くらい前からこんな感じです」

「これを、夏美さん自身は知っていましたか？」

「それはわかりません」

女性が答えるのを待って、社長がエンジニアの青年に話しかけた。

「困るよ。こういう悪口を放置してちゃ」

「といっても、この程度じゃうちの会社が横槍入れられないですよ。立場弱いんですから」

「まあ、そうだけどねえ」

彼らはあくまでも十燈荘の下働きであって、この地域を取り仕切る権限があるわけではないらしい。住民に大企業の重役やセレブなどもいて、色々見逃されているものがあるのだろうと深瀬は感じた。

「秋吉家は、自治会費を滞納していましたか？」

「いえ、そんなことは一度もありません。この滞納って書き込みは嘘ですよ」

「そうですか。『じゅっとう通信』への書き込みは匿名でできるようですが、これを書いた人間を特定できますか？」

「そりゃできますけど……うちがプロバイダやってるんで。でも、それ個人情報を漏らすことになっちゃいますが」

「いや法律違反は困るよ」

社長の吉田が狼狽えながら社員に声をかける。深瀬は頷いた。

「わかりました。正式な情報提供をお願いするために、県警の然るべき部署から後ほど連絡させます。その時、改めて社員全員分のアリバイも聞かれることになると思います。それと、私が見る用のＩＤは今いただけたら助かるのですが」

「あ、できてます。こちらです。あと、ｈｏｕｓｅというユーザー名の人はいませんでしたよ」

青年からＩＤとパスワードを書いた紙を渡され、深瀬は早速『じゅっとう通信』にログインする。社長は不安そうにその様子を見ながら、外出の支度を始めた。これから仕事があるらしい。

「刑事さん、なるべく早く犯人を捕まえてください。うちとしても、防犯グッズの買い出しやら設置やらの依頼が来て大忙しで」

「全力を尽くします。ところで」

深瀬は吉田とその場にいる二人の社員に向かって話しかける。

「これは警察全体ではなく、私個人の見解ですが、犯人は十燈荘内の住人です。皆さん、仕事で会った相手の中に不審人物がいましたら、情報提供をお願いします」

えっ、と三人の顔が同時に引き攣る。名刺を置いていきます、と差し出したそれを受け取る吉田の手は震えていた。

四

静岡県警の刑事、笹井は車を運転し、再び十燈荘へと向かっていた。頭の中で、先程の捜査本部での出来事を思い返す。

静岡県警本部は、藤市から車で四十分ほど南へ走った静岡県中央駅から徒歩五分の位置にある。

歴史を感じる古びた署内には、五百名を超える警察官が勤務していた。静岡県の治安を守る精鋭達である。

終わりの見えない広い廊下の先、一つの会議室の入り口には『十燈荘秋吉一家三人殺人事件・特別捜査本部』という札が貼られていた。捜査員の出入りも激しく、慌ただしい雰囲気が漂っている。

十三時になり、予定通りに会議は始まった。

「現場に行ったのは誰だ？　野沢だったか？」

ホワイトボードの前にドシンと座る捜査一課長が怒鳴り声を上げた。木嶋佳弘課長は大柄で、昨今珍しいヘビースモーカーだが、刑事としてのキャリアは確かだった。新米刑事だった深瀬を指導したのもこの人物である。隣には管理官と刑事部長が座っていた。管理官の大中耕作はどこか居心地の悪そうな顔をしている。

「あ、すみません。俺達が行くことになってたんですが、その前に深瀬さんが行っちゃいまして。バラバラに行ったら現場を混乱させるんで深瀬さんに任せました」

「深瀬さん、今日非番だったんですが、なにせ現場があの十燈荘だから」

捜査員の間から上がった声を聞いた木嶋は、より大きな声で怒鳴る。

「勝手なことをさせるな！　あいつも無鉄砲などという年齢ではないだろう。深瀬の足取りを追え。誰か連絡がつく者はいないのか？」

「はい」

笹井は、大勢が見守る中で手を上げる。

「僕、手が空いてたんで先に現場に行けと部長に言われて先行してて、現場で深瀬さんに会って経過を報告しました。この時間に捜査会議があるとは伝えたんですが、第一発見者に話を聞きに行くとのことで、こちらには来ないと。あと……自分で捜査するから近寄るなと」

その言葉に、五十名ほどいる捜査員達はざわついた。

また単独捜査か、と木嶋が呻き声を漏らし、刑事部長に視線を送る。どうやら木嶋に弱いらしい、定年を待つばかりの部長は小さい声で言い訳した。

「いや……十燈荘と聞けば深瀬は絶対に一人で行くだろうから、相棒がいない笹井を補助につけるのが良いと思ってな……」

「仕方ない。お前、話を聞かせろ」

はい、と笹井は立ち上がる。

「笹井幸太、巡査長です。二ヶ月前、ここに配属となりました。よろしくお願いいたします」

「深瀬はどんな様子だった？」

「鑑識課、強行犯担当と色々話をしていました。進捗については、大中管理官にはご連絡があったものと考えておりますが……」

木嶋は隣にいた管理官と何やら小声で話した後に、机にあった書類を見つめ声を上げた。

「なぜ俺には連絡がないんだ！　本事件に深瀬肇が介入した以上、二十四時間で勝負がつくだろうよ。あいつなら、既に事件の筋を掴んでいる頃だろう。しかし、初動捜査では事件に直接繋がるような情報はおろか、怪しい人間の目撃情報すら上がってきていない。お前達、深瀬に先を越されるなよ」

木嶋はその場の全員に向かって発破をかけた。

「いいか、静岡県警の威信にかけて犯人を早急に逮捕する。既に十燈荘と藤市街を繋ぐ唯一のルートである藤湖トンネルは検問を設置済みだ」

このあと、藤湖トンネルだけでなく、藤市全体に検問を設ける話が出るだろうと笹井は考えた。

「では、この事件の概要を所轄から頼む」

木嶋のかけ声から捜査会議が始まり、笹井は着席する。その肩が後ろからペンで叩かれた。振り返ると、少し年上の捜査員、野沢拓郎がひそひそ声で話しかけてきた。

「笹井、お前も大変だな。お祓いでもしてきたらどうだ。呪われないように気をつけろよ」

二ヶ月の付き合いしかないが、野沢は噂好きで口が軽いタイプだともうわかっている。嫌味な性格だが、頭は切れるどこか掴みどころのない捜査員だ。しかも、趣味は都市伝説の本やら週刊誌を読み漁ることらしい。

年上だが先輩とは言いたくないので、笹井は野沢さんと呼んでいた。

「何ですか、野沢さん。呪われるって。どういう意味で言ってるんですか」

「お前は何も知らないんだな。来て二ヶ月なのに、もう死相が見えてるぞ」

「死相？」

馬鹿馬鹿しいというように、笹井が小声で返した。会議室の前の方では、木嶋達が喧々囂々《けんけんごうごう》の怒鳴り合いをしている。

「お前、深瀬さんと現場で話したんだろう？　相棒になりたいのか？　赴任してきて早々、くじ運の良い奴だ」

「話したのは初めてでしたけど、深瀬さんはとても優秀な刑事でしたよ。その人の近くで捜査の経験ができるなんて、ありがたい話だと思います。さっき目の前で深瀬さんの現場検証を見ましたけど、信じられない速さと正確さで捜査を進めていましたし。一時間で、四つの現場を全部見てました」

「そいつは異常だな。ドーピングでもしたかもしれん。あるいは、魔法とか？」

「何ですかそれ」

「お前はホント、何も知らないんだなあ」

野沢は馬鹿にした口調で話を続ける。

「深瀬さんの周りをウロチョロして怒られなかったか？」

「ああそれは……近寄るなってものすごい剣幕で怒られてしまいまして。あんなに血の気の多い人だったなんて知らなかったです」

「なるほどなるほど」

ペンを口で噛んだ野沢が、腕を組みながら頷いてみせる。

「ものは見方次第だな。それは深瀬さんなりの思いやりってやつかもしれないぞ。深瀬さんと同じものを見ようとしても意味がない。視点を変えろって忠告だ」

「どういう意味ですか」

「お前はまだ来たばかりで聞いてないだろうが、深瀬さんは署内で死神って呼ばれている。まあ、俺も噂でしか知らないが」

「死神？　確かに肌も白くて髪もあんなボサボサですし、クマもすごくて頬も痩《こ》けてて……」

「見た目の話じゃない。いいか、あの人がなんでツーマンセルが基本の警察捜査において特例的に単独捜査をしているかわかるか？　課長の木嶋さんでさえ、さっきあんまり追及しなかっただろう。組織上、体裁が悪いから大勢の前で怒ってみせたが意味なんてない。この場にいる奴らがざわついたのも、誰もが深瀬肇っていう刑事に関わりたくないからだ」

「何ですかそれ。なんであの人は、単独捜査してるんですか？」

「ああ当然、ずっとそうだったわけじゃない。深瀬さんにも相棒がいたことがあるんだ」

「つまり？」

嫌な予感がして、笹井はさらに声を潜めた。そして、想像以上の答えが返ってくる。

「相棒は死んだんだよ。しかも一人じゃない。深瀬さんの相棒になった四人もの刑事が立て続けに殉職している」

野沢の言葉に、笹井は唾をごくりと飲み込んだ。

「詳しくはわからないが、全員が別々の事件、場所、死因で死んだらしい。交通事故や転落死、入院中に容態が急変して亡くなった刑事もいたとか。それぞれに因果関係もあるかないかすら、定かじゃない」

「ええ？　でも、そんなのたまたま偶然が重なっているだけでしょう。もし意図されたものだとしたら、誰かが深瀬さんを狙っているって意味ですか？　それとも」

笹井は言葉を詰まらせ、眉間に皺を寄せた。野沢は唇を尖らせると先を急いだ。

「深瀬さんが狙われてるなら、とっくに本人が死んでるさ」

「じゃあ、深瀬さんが、単独捜査するために相棒を……」

「おっと、それは言いすぎだ」

野沢は笹井が結論を出そうとするのを止めた。

「単に、深瀬さんが呪われてるだけかもしれない」

「呪いなんて」

「あるかもしれないぞ？　全ての始まりにして一番悲惨だったのは、深瀬さんの最初の相棒だった鳥谷刑事だ。他県にも名が轟くほどの、ずば抜けて優秀な刑事だったらしいが、十六年前に自宅で八つ裂きにされた状態で発見された。奥さんも一緒にな」

「それ……知ってます」

「まあ、うちに来るくらいだから当然知ってるよな。十燈荘妊婦連続殺人事件の被害者で、唯一の男性。新聞もメディアも一斉に報じた話題の事件だ。当然、静岡県警全体の威信をかけ懸命に捜査をしたが犯人の逮捕は難航した。目撃情報と現場に残された証拠が極端に少なかったからだという。ま、これは俺も聞いた話でしかないが」

「でも確か、その犯人は……」

「ああ、そうだ。事件発生から約一年後、犯人は死んだ。でもその前段階の話がある。深瀬さんが、相棒を惨殺した連続殺人犯を特定したんだ」

「すごいじゃないですか、やっぱりすごい刑事なんだ。深瀬さんは」

「まあまあ、続きを聞けよ。深瀬さんから本部に連絡が来た時には、既に犯人は焼死体だった。だから逮捕できなかった。被疑者死亡のまま、書類送検だ」

「焼死体？　それは聞いてません」

笹井は思わず大きな声を出し、焦って周りを見渡した。ちょうど皆が木嶋の怒鳴り声に気を取られているところだった。

「俺は、死神って噂が気になって当時の捜査資料を見たんだよ。深瀬さんの書いた事件調書の表向きの説明では、興奮状態にあった犯人と揉み合ううちに、付近にあった灯油に犯人の所持していたライターの火が引火し、被疑者死亡となったということだ。噂じゃあ、深瀬さん自身も重度の火傷を負って、背中に跡が残っているらしい。後日、何度か警察の内部監査室からもヒアリングが行われたそうだが、特に進展はなかったって話だ」

「じゃあ、要は相棒の仇を討ったってことですよね？　深瀬さんは悲願を果たしたんですよね」

「まさにその仇ってやつだが、いいか、事件調書と司法解剖の結果を照らし合わせると、一箇所だけ漏れていたことがあった。その焼死体は、燃える前に両足が切り落とされていたらしい。仮説はこうだ。深瀬さんは自分の相棒の鳥谷さんを殺した犯人に、鳥谷さん自身と同じ痛みを味わわせようとした。つまり八つ裂きにしようとして、犯人はそうされまいと、自分で自分に火をつけた」

「そんなバカな」笹井は呆れるように言った。

「これは静岡県警の歴史の中でも最大のタブーとされ、誰も真相を口にできないでいるって話だ。それは犯人に対して憎悪を煮えたぎらせた鳥谷さんの友人達が上層部となり、組織全体を黙殺させているってことかもしれない。木嶋さんや管理官もその筆頭格だろう」

「でも、もしそうなら事件隠蔽ですよ。仲間を殺された無念を晴らしたいって気持ちはわからないわけでもないですけど、それが本当だとしたら深瀬さんは人殺しじゃないですか。許されないことですよ」

「そうさ、優等生。しかも、その後の相棒は立て続けに死んでいる。これほど明確な煙が立ち込めているのに、深瀬さんは今も糾弾されることもない。その不確かな存在が死神と呼ばれている理由の一つだ」

野沢は貧乏揺すりをしながらニヤリと笑った。どうしてここで笑えるのか、笹井にはわからない。額に汗が浮かんでくる。

「ま、深瀬さんもわかってるのさ。自分に近寄ると不用意に人が死にすぎることに。あの人自身も偶然や運命なんて言葉じゃあ片付けられなくなってしまった」

「だから僕に近寄るなって言ったんですか。常識で考えたら、相棒を殺すことなんてないでしょうし。深瀬さんには何の落ち度もないじゃないですか」

「まあそうだが、若いお前を気遣う思いやりかもしれん。それに鳥谷さんに限っては、ただの殉職じゃない、妊娠した奥さんを庇って殺されたわけだからな」

「あれ、でも鳥谷さん、十燈荘に住んでいたんですか？　さっき聞きましたが、あそこは選ばれた人間しか住めないとか」

「鳥谷さんは、確か藤市に住んでたはずだよ。鳥谷夫婦だけ、十燈荘じゃないところで殺されてる。まあ、そう聞くと深瀬さんが呪われてるって言われて信じそうになるだろ？」

「それは、まあ」

「笹井。今回のこの秋吉一家三人殺人事件、直接の関連性はわからないが深瀬さんの頭の中じゃあ、既に点じゃなく線になっているはずだ」

「！　僕、行きますね」

深瀬の傍にいなければならない。笹井はそう思い立って、鞄に荷物をしまい始めた。

「おい、落ち着けよ」野沢が声を上げる。

「深瀬さんのところへ行きます。あの人を一人にすべきじゃなかった」

「お前、俺の話を聞いていなかったのか。もう深瀬肇には関わるな」

「嫌です。俺は深瀬さんと一緒に捜査をします。今も猟奇的な犯人は野放しなんですよ。この事件の真相解明を急がないといけません」

「はああ、まったく仕方のない奴だな。俺は心配して言ってやってるんだぞ？」

そう言って、野沢は一枚の紙を笹井に差し出した。

「ここに行って話を聞け。お前の頭も冷えるかもしれない」

受け取ってみると、それは名刺だった。

「ここは何ですか」

「十燈荘の外れにある『クリニック間宮』って病院だ。そこの院長の間宮成美という女性に会ってみると良い。彼女は、深瀬さんのことを知っている。お前は、来たばかりでまだ相棒がいないんだ。深瀬さんと組まされる前に、お前の視点でこの殺人事件を見つめてみると良いさ」

笹井は野沢をあまり信用できない人物だと思っていた。だが、その軽い言葉は何か真実のようなものを含んでいるような気がして、深く頷いて捜査本部を飛び出した。

「おい新人！　勝手にどこへ行く！」

木嶋の大声が後ろから追いかけてきたが、笹井は止まらなかった。

五

十四時。十燈荘エステートを出た深瀬は、静岡中央市に向かって車を走らせる。行き先は、リノベーション会社リノックス。途中でコンビニに寄り昼食を買う。そのタイミングで県警に連絡を入れ、リノックスの前川にアポイントを取った。秋吉家のリフォームを担当した人物だ。

十燈荘から静岡中央市に行くには、まず北に向かい、藤湖トンネルを抜けて藤市市街に出る必要があった。そこから藤湖の湖畔をぐるっと回って南に向かうと静岡中央駅に出る。近道をして藤湖の畔のルートを選んでも一時間ほどかかる。つまり、十燈荘はかなり奥まった地域にあった。

しかし、藤湖周辺で高い位置から藤湖を見渡せるのは十燈荘のみ。その景観の良さが魅力となって、多くの住人を引き寄せている。

といっても、この理屈に深瀬は納得していなかった。景色が良いというだけで、あんなにも多くの富裕層が十燈荘に住みたがるだろうか？

確かに、藤湖には歴史と伝説がある。歴史を遡れば、時の権力者が藤湖周辺に住みたがり、別荘地を作っている。神話にも事欠かない。

はるか昔、この地を訪れた貴族に湖の神が栄達を約束しただとか、高貴な姫が身投げして姫の一族を追い詰めた敵が身を滅ぼしただとか、龍が天に昇っただとか。そんな不可思議な由来のある神社が周辺にいくつもあった。その中で、十燈荘は比較的新しい地域だ。百年しか歴史がない。その百年のうちに殺人事件が多数起こっている。

十六年前の連続殺人事件以外にも、事件があったことを深瀬は突き止めていた。しかし、古い時代となれば、警察がすぐに行きつくこともできない山中の出来事だ。隠蔽され、なかったことになっている事件が多数あった。元警察の大御所や政治家なども住んでいたため、今でも県警は十燈荘については及び腰な一面がある。別に圧力をかけられたわけではないのに、今だって藤湖トンネルを完全封鎖はしていない。検問を設け、出入りを監視するのみだ。

「犯人はいつでも逃げられる、か……」

深瀬は車を出て、藤湖の湖面に向かって呟いた。

それでも、まだ十燈荘に犯人は留まっていると深瀬は考えていた。何故か、あそこの住民は十燈荘を出たがらない。理由はわからないが、先程花屋の堀田まひるが言っていた通り、「十燈荘は素晴らしい」からなのだろうか。十六年前にあそこで聞き込みをした際も、住民達は警察に非協力的で、皆一様に「ここは良いところだ」「他に住むなんて考えられない」と言っていた。あまりにも頑なで、若かった深瀬はけんか腰に住民に接したりもした。それで、余計に歓迎されなかった。今はもう啖呵を切る余裕などなく、丁寧に話を聞くしかない。

そういえば深瀬は、かつて藤フラワーガーデンで働く若い頃の堀田まひるを見てもいる。当時はもっと年上の女性が店長だった。あれが堀田の母なのだろう。うろ覚えだが、堀田よりも静かで、美人とは言えないのにどこか人を惹きつける雰囲気があった。

それから、十燈荘エステートのことも思い返す。あの社屋は、十六年前にはなかったものだ。十燈荘がより排他的になり、ほとんどの店は潰れて、自治会の下働きをする会社として十燈荘エステートが残ったようだ。その社員も、十燈荘に住むことは許されず、藤市に住んでいるという。

一言で言えば、不気味な町だった。

藤湖と十燈荘には魔力があるように思える。そして、それは深瀬には見えない。深瀬に見えるのは、聞こえるのは、まったく別のものだった。

静岡県警察本部から程近く、静岡中央駅前の商業ビルの四階にリノベーション会社「リノックス」はあった。リノックス本社は今時の雰囲気が漂い、待合室にはビビッドカラーのソファが置かれ、受付には容姿のスペックが高い女性が座っていた。時刻はまもなく十五時半を迎える頃だ。

「静岡県警の深瀬と言います」

受付に深瀬が現れ警察手帳を取り出すと、その独特な雰囲気に社員がどよめいた。不健康そうに頬はげっそりと痩けていて、目の下にはクマが広がっている男だ。そうなるのも無理はなかった。

「警察の方ですか。ご用件はなんでしょうか」

「営業部の前川隆史《たかし》さんはいらっしゃいますでしょうか。例の事件の捜査でご協力いただけると先程伺いました」

「前川ですね。いま別のアポイントで一階のカフェテリアにおりますが、まもなく終わるようですので、待合スペースでお待ちいただけますか」

「では一階に行きます」「いやあの」受付の声を聞く間もなく深瀬はカフェへと向かった。

階段をゆっくりと下りながら深瀬はスマートフォンを取り出す。エレベーターを使わないのは、極力人と同じ空間にいたくないからだった。何を話すわけでもなくよく知りもしない人間と、狭い空間で目的地を待つだけのあの空気感に耐えられないのだ。

やがて階下から、焦げたガーリックや焼きたてのパンにコーヒーの匂いが漂ってくる。オープンスペースもある店で、秋の風が心地良かった。カフェの入り口に着くなり、男が小走りに店を出てくる。

「あなたが刑事さんですか。いま受付から電話をもらいまして。営業部の前川です」

「仕事中にすみませんね、少しお話をお聞きしたく」

「え、ええ。では店内で」

前川は長身で口元には少し髭があり、鍛え上げられた胸板と体のラインを強調するようなスーツの着こなしだった。商談を終えたばかりなのか、テーブルには冷めたコーヒーが二つ並んでいた。前川は書類を鞄にしまいテーブルを片付ける。席は室内の左側に位置するソファ席で、深瀬は窓側に座った。警察手帳を見せて挨拶する。

「改めまして、静岡県警の深瀬です。あなたのお名前とご年齢は？」

「前川隆史、四十三歳です」

「昨夜から今朝まで、どこで何をしていましたか？」

「秋吉さんの事件ですよね。私も今朝ニュースで見ました。本当に信じられません」

深瀬の質問に、前川はすぐには答えなかった。ブランドものの名刺ケースから名刺を取り出して深瀬に渡してくる。そこからも、ほのかに香水の匂いが漂う。

「前川さん」

「あ、すみません。昨夜ですか。えっと、昨日は出先から直帰して、家で十時まで残りの仕事をしていました。それからシャワーを浴びて、一人で映画を観たあと、午前一時過ぎには就寝していたかと。私は独身なので証明できる人はいませんが。ネットでレンタルした映画が期限ギリギリで、少し早送りしながら観てしまいましたね」

それを言う前川の顔色は良くなかった。まさか自分が疑われているのか、という不安のようなものが表に出ている。深瀬は率直に切り出した。

「ご存じかと思いますので、事件の概要については割愛いたします。前川さんは、秋吉さん一家のご自宅に関わるリノベーションを担当されたと聞きました。本件にまつわる書類、家の設計図や秋吉さんとのメールのやり取り、資金計画、ローンの書類などを全て用意していただけますか」

名刺を横目に見ながら深瀬は聞いた。

「はい、わかりました。いま総務にメールして持ってきてもらいます。メールは印刷で良いですよね？」

そう言って前川はノートパソコンを鞄から取り出し、慣れた手つきでキーボードを叩いた。

「名刺を拝見しましたが、良い役職についていらっしゃいますね」

「いやあ、我ながら自慢になりますが、営業成績が良いんですよ」

「とても優秀な方とお見受けします」

「そうでもありません。昔からよくしていただいているお客様や、良い部下に恵まれているだけでして」

「前川さんは、藤市の担当なのですか？」

「はい。今は職場に近いのでこの辺りで一人暮らしをしていますが、藤市内の出身ですから、十燈荘も担当しているんです」

「今のお仕事はもとから？」

「ええ、昔から漠然と人の役に立つというか、暮らしに関わる仕事をしたいと思っていたので。私は母子家庭ということもあって、家というか、家族というものにとても憧れや想いがあるんですよね」

「なるほど。家や家族にこだわりが」

深瀬は咳払いをしながら視線の色を変えた。

「では、ｈｏｕｓｅというＩＤに心当たりは？」

「え、いえ？」

前川は不思議そうに聞き返した。

「何のＩＤですか？」

「ご存じないなら構いません。ところで、秋吉航季さんのご自宅の購入やリノベーションなどを担当された背景や経緯をお伺いしたいのですが」

「ええ、ちょうど七年ほど前ですかね。秋吉さんから当社にお問い合わせをいただいたのが始まりでした。家族四人で藤市十燈荘への移住を検討していて、古い家を購入しリノベーションして住めないかと」

ちょうどそのとき、前の客のカップを下げに店員がやって来たので、深瀬はコーヒーを注文した。前川も、追加で同じものを頼んだ。

「秋吉さんの方から、会社に連絡があったのですね」

「はい。ですが、ご存じの通り十燈荘は移住面積が限られているため、移住したいといってすぐにできるわけでもありません。所定の審査があります」

「その審査とは、土地購入を抽選で行うようなものですか」

「それもありますが、どちらかといえば信用調査に近いものでして。あそこの自治会が、土地購入権を取り仕切っているんです。十燈荘の住民に相応しいかというものを審査するようですね。治安や景観を守る目的で、私達が生まれる前から続いているものです」

「誰が何を審査するのですか？　少し話を聞いて来ましたが、自治会はあっても自治会長もいないそうじゃないですか」

「そうなんですよね。なのに、住民の意見がまとまるんだから不思議です。許可が出るかどうかは、投票みたいですよ。そういうシステムがあるようで」

「『じゅっとう通信』ですか」

「あ、それです。自分は見たことがないんですが、そこで話し合いがされてるみたいですね。聞いた話では、年収や資産や知名度や役職に関係なくフェアに行われるものだそうです。噂では、この審査をクリアするための専用のセミナーもあるんだとか。ただ一つだけ例外と言いますか、特権を持つケースがあり、秋吉さんはそのケースに当てはまる稀有な方でしたので話を進めることができました」

「というのは？」

「もともと十燈荘の出身だったからです」

前川はそう言ってから、まるで重大な秘密を話すように声を潜めた。

「元十燈荘の住民は、何故か審査が通るんです。戻ってくる人歓迎、といったところですね。ですから、秋吉さんは、正直に言えば資産が足りなかったんですが、私は通ると踏んで物件を紹介しました」

「十燈荘エステート経由で、ということですね」

「そうです、そうです」

前川は頷く。そして、ちょうど目の前に置かれたコーヒーを口にした。深瀬は、まだそれに口をつけない。

「十燈荘で仕事をするなら、何でもあそこを通さなきゃならないんですよ。で、物件を確保してから秋吉さんには大丈夫だろうと返事して当社へお越しいただき、詳しくお話を伺いました。秋吉さんは、アウトドアや自然が好きでＤＩＹが趣味だったんですよ。それで、意気投合してしまいまして。初めてお会いしたその日に、一緒に飲みに出かけたほどです」

それを言ったとき、前川の表情が少し曇った。友人を亡くしたような、寂しい顔に見えた。

「で、その翌週くらいからですかね。一緒に資金計画を考えて、移住プランを具体的に練っていきました。週に一度オンラインで打ち合わせをしたりして。秋吉さんは銀行にお勤めで資産運用にも詳しく、静岡中央市に転職する当てもあるとのことで信頼しておりました。無事転職が決まって、移住の話も一気に進みましたよ」

ここまでの内容に不審な点はない。深瀬は話題を変えることにした。

「前川さんの会社は、普段どういうことをしているんですか？」

「ああ、当社はリノベーションとＤＸを合わせた言葉が社名で、色んなことをやってます。土地や物件のリサーチ、購入からリノベーションや施工、インテリアなどのデザイン、そしてローンを含めた資金計画の設計サポート、移住に至るまでの手配をワンストップで提供できることが強みでして。多くのお客様にご愛顧いただいております」

そう言うと、前川はノートパソコンの画面に、自社のホームページを映して深瀬に見せてきた。

「つまり、客に対して自分達にとって都合の良い物件を買わせることもできるというわけですか。十燈荘の、特定の物件を指定することも？」

それを聞いた前川は慌てた様子で答える。

「いえいえ、刑事さん。そのようなことは絶対にありません。もちろんお勧めしたい物件や立地はニーズに合わせてご提案いたしますが、ご要望やご予算などを最優先に考えますので」

「いや、冗談です。生まれつき物事を斜めに見てしまうもので」

まったく場違いなことに深瀬はここでニヤリと笑った。前川はその反応に瞬きする。

「で、秋吉航季さんは、晴れてマイホームを手に入れたというわけですね。でも、東京からの転職と移住は覚悟がいるものだったはずです。秋吉さんの実家は、もう十燈荘にはなかったんですよね？」

「ええ、ご両親がお亡くなりになって、かつてのご実家は売りに出されたと聞いています。同じ場所にはもう別の家が建っていまして」

「それでも秋吉さんは十燈荘に戻ろうとした。東京と静岡は決して遠くはないですが、まるで別世界だ。大人は良いかもしれないが、多感な子どもからすれば得られる刺激はまったく別のものになる」

「確かにそうですね。特に冬加ちゃんは活発な女の子でしたから、移住に際して少し揉めたとは聞きました。ですが、あの年代の子達は今はＳＮＳが生活の中心にあるわけでしょう。十燈荘でもネットは使えますからね。最終的には納得したんじゃないでしょうか」

「なるほど。それで、秋吉家とは移住後もお付き合いをされていたのですか」

「ええ、航季さんとは同世代で趣味も同じで、本当に気が合いまして。この年齢になっても友人ができるのかと嬉しい驚きでしたね。ご自宅での、月一度の食事会にも時々呼んでいただいたりもしまして。独り身の私からすれば嬉しかったですよ」

「では、最後に秋吉家に行ったのは？」

「ああ、それは……最近は動きの多い時期で仕事が立て込んでしまい、なかなかお会いできずにいたので。まさかこんな形になるとは思いませんでした。お会いしたのは二ヶ月前です」

深瀬はふうと息を吐く。

「秋吉家のバーベキューですね」

「はい、よくご存じですね。確か……八月八日です」

そう言って前川は分厚い手帳を開いて指差した。年季の入った手帳には予定がびっしりと記されていた。深瀬はそれを見て頷く。

「そういえば、趣味が合うとおっしゃっていましたが、その趣味とはアウトドアやＤＩＹのことでしょうか。秋吉さんの書斎にはそんな書籍が並んでいたので」

「ええ、そうです。子どもの使う机、椅子、キッチンの踏み台やダイニングテーブルまで、家にあるほとんどの木製のものは、私と秋吉さんの二人で作りました」

「ゴルフはどうですか？」

「ゴルフですか？　私は趣味でやっています。沖縄のゴルフ場にもよく行くくらい好きですね。ただ、仕事柄、接待でもやりますが、秋吉さんとご一緒したことはありません。そもそも、知り合って七年ほどですが、ゴルフに出かけると聞いたのはこの数年だったと思います」

沖縄へ行くと言った通り、前川の肌はこんがりと日焼けをしている。

「最後に秋吉さんとコンタクトを取ったのも二ヶ月前ですか？」

「えっと、それは三週間ほど前ですね。庭を広げたいという話があり、その見積もりをメールしました」

「なぜ広げたいか、話していましたか？」

「ええ、犬を飼いたいとかでドッグランとか犬小屋を作ろうと、木材を買い込んだそうです。結局スケジュールが合わずに作れずじまいでしたが」

深瀬は指で唇をなぞる動作をした。

「庭にはそれと思われるものがありましたね。でも、どうして突然犬を？」

「ああ、奥様のために飼いたいとサプライズを考えていたようですね。子どももある程度大きくなり、航季さんも週末は不在がちだそうで」

「不在ですか。秋吉さんのお仕事は、休みは暦通りの銀行勤務ですよね。休日に一人でどこへ行っていたのでしょうか」

「ゴルフに行くことが多いとか言っていましたね。あの辺でゴルフをするなら藤ゴルフクラブでしょうか。私はあそこは飽きてしまって、行っていないんですが」

「藤ゴルフクラブ、ですか」

前川は頷いた。秋吉航季の殺害に使われたゴルフボールは藤ゴルフクラブのものだ。深瀬はそれを前川には告げなかった。

「では、ゴルフ関係でも何でも構いません。何か秋吉一家が悩んでいたり、恨まれたりすることに心当たりはありませんか。不審な人物の相談などでも良いのですが」

「いや、聞いたことありませんね。ただ仮にそのようなことがあっても、航季さんは私には決して言わなかったと思います」

「なぜですか」

「そういう人ですから。悩みごとは一人で抱えて、外に出さないタイプでしたよ」

前川は何かを思い出すように、少し視線を落とした。深瀬はコーヒーカップの縁を指でなぞりながら足を組み直す。

「繰り返しになりますが、これはとても重要なことなので。秋吉さんがゴルフをしていたと、あなたは知っているのですね？」

「はい、話は聞いていました。毎週末は打ちっぱなしに出かけていたはずです。だから週末不在になって、奥さんに犬をプレゼントしようと思ったんでしょう。それが何か関係あるんですか」

「そうなると、航季さんはちょっとズレた感性を持っていた気がしますね。生きもののサプライズは喜ばれないと思うのですが、あなたは言わなかったのですか？」

「言えませんよ、流石に。いくら仲が良くても顧客なんですから」

それはそうか、と深瀬は一度深く椅子に座り直した。

「わかりました。もう一度だけ聞きますが、何か秋吉さん一家に恨みを持つような人物に心当たりはありませんか。ここで隠し事があると、あなたが疑われます」

「いやいや、語弊があるかもしれませんが、そこまで目立つような方々ではなかったんですよ。恨みや妬みを買うようなところはないと思います」

前川は淀みなく答え、深瀬は深くため息をついた。

「はっきり言いますが、ごく普通の家族はあんな殺され方はしません。何かありませんか。小さなことでも構いませんので」

「あんな……というと」

「ワイドショーで報道していませんでしたか。あれは、どう見ても猟奇殺人です。警察としては決めつけることはできませんが、普通に考えれば、咄嗟にやれたことではないのですよ」

「恨まれていて、計画性がある犯行、ということですね」

前川はしばらく考え込んでから口を開いた。

「そういえば、少し前から春樹くんとお父さんの関係は、あまり上手くいっていないようでした。ただ、反抗期なんてよくある話ですし」

「バーベキューの時、いなかったのも？」

「ええ、春樹くんは自分の部屋からは一度も出てきませんでした。勉強熱心な子だとも聞いていましたので、受験勉強をしているのかなと。そういえば、もう二年近く顔を見ていませんね」

その時、秋吉家関連の書類を持った女性社員が店に入ってきて、前川にそれを手渡した。前川はそのまま中を見ず、深瀬に差し出す。

「しばらくこれをお借りしても？」

「どうぞ」

では、と深瀬はコーヒー一杯分の代金をテーブルに置いた。

「前川さん、最後に一つ訊きたいのですが」

「はい」前川は襟足を少し触って返答する。

「この事件、あなたにはどう見えていますか」

「どう、というか……とても残忍な事件だと思います。私は今までニュースやメディアで報じられることとって、どこか画面の向こうで起きていることのように感じてきたんです。だからこんな身近に殺人事件が起こるなんて思ってもみませんでした。なんで秋吉さん達があんな目に遭わないといけないのかわかりませんよ。それに、あの十燈荘でこんなに痛ましい事件が起こるなんて信じられません」

「そうですね、あなたは航季さんや夏美さんとも仲が良かったのですから。こんなことをした人間がこの街を彷徨《うろつ》いているわけですが、そいつを見つけたらどうしますか」

「どういう意味でしょうか」

前川は顔を引き攣らせながら答えた。彼は深瀬の表情の不気味さに困惑していた。

「私だったら殺します。寒くもなく飢えもしない、睡眠まで与えられる逮捕なんて生ぬるいですよね」

「え、ええ……確かに許せないですよ。どんな理由があったにせよ」

「手や足がついているのさえも憎い、八つ裂きにしてやろうと思いますよ」

刑事としてはあまりに踏み込みすぎた深瀬の発言に、前川は一瞬たじろいだが、すぐに表情を改めて返答した。

「私もそうです。航季さんは大切な友人でしたから。あんな素敵な夏美さんや、可愛い冬加ちゃんまで」

「その言葉が聞けてよかった」

そう言ったとき深瀬の端末が鳴った。メール画面を見るなり深瀬は立ち上がり、失礼します、と店の出口に早足で向かった。

六

十燈荘の湖に近い場所、林の中にクリニック間宮はあった。鬱蒼とした茂みの中に真っ白な佇まい。駐車場には外車が置いてあるし、エントランスにはクラシックが流れている。モダンなアートやエレガントなオブジェが並ぶ廊下は、別世界のような雰囲気であった。

「すごい……」

クリニック間宮に到着した笹井は、その豪勢な造りに驚いてつい声を漏らした。高級住宅街にある唯一の病院なのだから、これは当然なのだろうか？　と疑問に思う。

「すみません、間宮成美院長はいらっしゃいますでしょうか」

笹井が滴る汗を拭いながら受付の女性に声をかける。土曜日の午後二時は既に診療時間外で、エントランスに人影はなかった。

「どちら様でしょうか、院長はお約束がない方とは」

「静岡県警の笹井と言います。この町で起こった殺人事件について調べています」

そう伝えると警察手帳を見せる前に受付の女性は立ち上がり、笹井は奥へと案内された。まっすぐな廊下を抜けると、まるで隠し扉のような部屋へと行きついた。近代的な機材や家具が置かれ、絵画が壁に掛かっている。エントランスとはまた違う特別なカウンセリング室だということは笹井にも直感的に理解できた。

「こちらで少々お待ちください」

そう言われて待っていると真っ赤なハーブティーが提供された。バラのようなとても良い香りがする。笹井は独特な緊張感に襲われ、周りをキョロキョロと見渡した。

「はじめまして、院長の間宮です」

しばらくして、白衣を着た女性が部屋に入ってきた。知的で美魔女と言っても良い見た目をしている。

「ああ、突然すみません。静岡県警の笹井です」

ハーブティーの入ったカップを慌てて置いて、笹井は警察手帳を見せた。間宮は、どうぞという手振りをしてから自分も椅子に座る。

「それで静岡県警の刑事さんが何のご用ですか。今朝の殺人事件についてだとお伺いしましたが、私が疑われているのでしょうか？」

刑事の訪問に驚いた様子も怒った様子も見せず、間宮は穏やかに微笑んだ。

「あの、はい、いや」

普段見たことがないような相手に対し、笹井はドギマギしながらも話を切り出した。

「本題は、実は別にあるのですが、先に捜査をさせてください。まず、お名前とご年齢を伺って良いですか？」

「間宮成美です。今年で四十二歳です」

四十二歳。それは秋吉航季と同い年だな、と思いながら笹井は話を続ける。

「一応お伺いしておきますが、昨夜から今朝まで、どこで何をしていましたか？」

「仕事が終わってこの病院を出たのが夜の八時ですね。そこから家に帰る途中で、『ハイト』というレストランに入って夕食を食べました。家に着いたのは十時くらいで、その後就寝したのが十二時頃ですね。起きたのは朝六時で、ここに出勤したのが朝の七時です。この病院の出入りは、防犯カメラがあるのでご確認いただけると思います」

「ありがとうございます。ご自宅とそのレストランは藤市にありますか？」

「はい」

となると、朝七時に秋吉春樹を殺すのは不可能だと笹井は判断した。

「この事件については、どの程度ご存じですか？」

「それはもう、午前中からニュースやワイドショーはその話題でもちきりです。どうやら、ひどい殺され方だったみたいですね」

「ああ……それはそうなりますか。報道規制はされてるはずなんですが、まあ、そういうことです」

「犯人は、まだ見つからないんですね」

同じハーブティーの香りを嗅ぎながら間宮が呟く。

「私も藤市の出身ですが、この街に殺人犯がいると、スタッフの皆さんも戦々恐々としています。早く捕まえてほしいんです」

「はい、私達も全力で犯人逮捕に努めます」

笹井は背筋を伸ばしてそう応えた。

「ところで、間宮さんは、秋吉さんご一家について何かご存じですか？　この病院に通われていましたか？」

「実はご縁がないんです。どうやら、皆様藤市内の病院に通っていらっしゃるようでして。うちは、内科、外科、心療内科をやっていますし、予防接種だって受け付けているんですけど」

「ここは心療内科もやっているんですか」

そういえば来院時の看板にそう書かれていた気がするし、この芸術的な内装も、心理的なアプローチなんだろうか、と笹井は考えた。ええ、と間宮は笹井の目を見て頷く。

「では、何か秋吉さんご一家が恨まれていたり、妙な噂話とか、聞いたことがないですか？」

「ありませんね。先程も申し上げた通り、うちのクリニックとは接点がないんです」

「わかりました。ありがとうございます」

笹井は一度頭を下げ、それから勢いよく顔を上げた。

「それでは、本題をお話ししたいのですが……率直に申し上げます。私はいま県警の先輩である深瀬さんと共に、この事件の捜査をしています。そして同僚の野沢という男にここへ行ってみろと言われ、何も考えずに来てしまいました」

「野沢さんですか？　静岡県警の？　……特に知らない方だと思うのですが」

「そうですか。深瀬さんについてはご存じですか？」

「ええ」

その応えに、笹井は一度瞬きした。

「深瀬さんがここに捜査に来たのですか？」

「いいえ、そうではなく。彼はうちの患者ですので」

「えっ」

「でも、これ以上は言えませんよ。患者の個人情報を漏らすなんて、あってはなりませんから。でも……」

足を組んだ間宮は黙ってハーブティーを飲み始めた。笹井は言葉を詰まらせたが、これは何かのヒントだと感じた。「でも」のその先を考える。野沢に言われた、深瀬は死神だという話が頭をよぎる。相棒を四人も不可解な理由で亡くしていると。

笹井はやがて顔を上げて、考えた答えを間宮に伝えた。

「では、改めて質問します。深瀬さんは、とある殺人事件の容疑者です。あなたの知っていることを教えてください」

もちろんこれは建前だ。そのつもりで笹井は口にしたが、もしかして、という疑いもある。先程の捜査会議で聞いた話では、深瀬は非番だったのに勝手に十燈荘の現場に押しかけたようなのだ。相棒を亡くした十六年前の事件と関係あると考えてはやる気持ちになるのはわかる。しかし一方で、万が一深瀬が犯人だった場合、現場で証拠隠滅を図ることだってできたのだ。単独行動で勝手に調査しているということは、誰のチェックも入らないということである。

「そうですねぇ」

間宮はカップを置いて笹井に向き直った。

「笹井さんは、深瀬さんが何故当院に通っているかご存じですか?」

「いえ、まったく。体を悪くしているのですか?」

「彼は心療内科の患者です」

「つまり、精神に問題があると……。相次ぐ仲間の死でどこかおかしくなっているとか? 深瀬さんにはその自覚があるんですか?」

手汗を拭き取りながら笹井は問いかけた。

「不確かなことが多いですが、私の知ることはお話しします。三年ほど前から、深瀬さんが当クリニックに定期的に通院されていることは事実です。定期的な脳の検査と月に一度のカウンセリング、薬も処方しています」

「脳の検査？　それに薬って何のですか」

矢継ぎ早に笹井は訊いた。

「脳の検査では異常は見つかっていません。薬はいわゆる精神安定剤と睡眠薬ですね」

「つまり不眠症ということですか」

見ればわかると思いますけど、と間宮は声を潜めて言う。

「深瀬さんはこの三年間、まともに眠っていません。重度の睡眠障害です。日常的な、立ちくらみや吐き気、倦怠感。そして食欲不振、頭痛と日々向き合いながら激務に従事されています。ドクターストップをかけ休職するレベルを軽く超えている状態です」

「……そんなこと、知りませんでした」

「当然です。そういうことを他人に話す人ではありませんからね。ですが、それだけなら単純な話で済んでしまいます」

「え？」

「数ヶ月前に、深瀬さんは初めて話してくださいました。実は打ち明けていなかった症状があると。その影響に苦悩してきたと。それで先日、新たに脳の検査をしたのです」

「その症状って？」

「幻聴です」

「幻聴って、実際には存在しない音が聞こえるというものですか」

「そういう理解で大丈夫です。医学的にも原因は様々であり、その多くは解明されていません。ご本人はあまり気にしないようにしていたそうなのですが、数ヶ月前に悪化したと」

「それ、いつ頃から起きていたんでしょうか？」

「初めに症状が出たのは、鳥谷さんという先輩刑事が殉職した現場を訪れた時だったと聞いています」

その言葉に、笹井は思わず持っていたペンを落とした。つまりそれは十燈荘妊婦連続殺人事件の際ということで、十六年も前だ。そんなに長い間、深瀬は幻聴があって放置していたということになる。

「あの、鳥谷さんって深瀬さんの最初の相棒ですよね」

「ええ、深瀬さんにとっては先輩でも相棒でもあり、とても慕っていらっしゃったようですね。これはご本人から聞いた話ではないですが、世間話で聞く限りは、警察官としても人間としても大恩人のような方だったそうで。まるで兄弟のように苦楽を共にした、静岡県警が誇る名コンビだったと聞いています」

「そ、そうなんですか……。今からは想像できませんが、あの深瀬さんにもそんな時代があったんですね」

「ええ、きっとその当時の深瀬肇という人は、今とはまったく違う人間だったと思いますよ。普通に食べて、笑って、眠って……そういうごく普通の警察官でしたでしょうね」

「つまり、幻聴にも不眠症にも鳥谷さんの死が影響していると」

「ええ、私はそう分析しています。彼にとっては、唯一無二の存在だったのだと思います。そんなかけがえのない大切な人が八つ裂きにされて殺されただなんて、想像を絶します。人生で最大のショックだったと推察できます」

「そのことがトリガーとなって幻聴が起き始めたと？　でも、その犯人は深瀬さんにより被疑者死亡で送検され、事実上、事件は終息したはずです」

「その件について笹井さんはどれだけ知っておられますか」

「いや、実のところ、先程聞いただけで詳しいことは何もわかりません」

「そうでしょう。多くの人は知らぬが仏、聞いたところで信じ難いことでしょうから」

「勿体ぶらずに教えてください」笹井が立ち上がった。

「鳥谷さんが殺害される以前から、同様の事件は起きていました。つまり連続殺人事件であったということです。もう十六年も前のことなので笹井さんは幼かったでしょうが、警察官であれば聞いたことはありますよね。この地域を中心に起きた連続殺人事件」

「ええ、知っています。妊娠中の女性ばかりが狙われた事件ですよね」

「そうなんです。十燈荘で妊婦ばかりが被害に遭い、亡くなりました。当時、静岡県警の鳥谷さんはその事件の捜査を担当していました。しかし奇しくも鳥谷さんの奥さんがその被害者となってしまったのです。鳥谷さんの奥様は懐妊されていましたから」

笹井は息をごくりと飲み込んだ。

「なぜそんなことに……」

「さあ、狂った殺人鬼のすることです。私にもその因果関係はわかりませんが、この地域で医者をやっていれば当然聞く話ですし、自分なりに調べてみたんです。鳥谷さんと奥様だけは他の被害者とは状況が違う、特異なものですよね。他の被害者は全員が十燈荘の住民で、妊娠九ヶ月を超えた臨月の状態になってから狙われました。しかし鳥谷さんの奥様は藤市在住で、妊娠初期段階で安定期に入る前に殺害されたわけです。しかも鳥谷夫婦は、安定期に入るまではと妊娠の事実を誰にも伝えていなかったと報道されていますよね」

「お詳しいですね……」

一瞬、間宮の持つ情報の濃密さに、笹井は不信感を覚えた。しかし、間宮は事もなげに言う。

「十燈荘唯一の医者ですから。こういう情報は耳に入ってくるものですよ」

「つまり、犯人は妊娠の事実を知り得た人間だったということですよね。たとえば産婦人科の関係者や家族など」

「ええ、当時の警察はそうだと考えたようですが、犯人……高倉という若い男性でしたよね。その人も死んでしまったわけですから、その交友関係など含め、多くのことが謎のままなんですよね」

「鳥谷さんは奥さんを庇って亡くなった、という話ですが」

「私もそう聞いています。そこも特異な部分じゃないですか。それまでの対象は全てが妊婦さんでした。被害者の旦那さんや家族などで被害に遭った方はいなかった。なのに、鳥谷さんだけが」

「不測の事態が起きたってことですね。顔が知られたか何かで、犯人は鳥谷さんを殺すしかなかったんでしょうか」

　間宮は小さく頷いた。

「私はそう思います。けれど、他の考え方があるのも確かです」

「……深瀬さんの相棒をわざと狙った？」

「ご本人は、そういう疑念も抱いているようですね」

「しかし、当時の深瀬さんは、連続殺人事件を捜査していた一捜査員だったはずです。目をつけられたりしますかね？」

「ここ、十燈荘では普段住んでいない人間は目立ちます」

「それはそうですが……」

「それに、もっと大きな疑問点があります。高倉は十燈荘で四人もの妊婦を殺《あや》めています。この町に出入りしていたに違いありません。でも、どうやって？」

「つまり、十燈荘に協力者がいたということでしょうか？」

「可能性はあると思います」

「病院なら、そういう噂が入ってきませんか？」

「そうですね。うちは心療内科も兼ねていますから、色々なお悩みや噂話を聞くことはあります。でも残念ながら、当院は十年前に開院したんです」

「あ、ということは」

十六年前の事件について、間宮が当時のことを知っているわけではないのだ。

「そうなんですね。じゃあ今までの話は深瀬さんや地元の人から聞いた推測ってことですか」

「そうなります」

頷く間宮に笹井はなんとなく頷き返した。結局、自分はここに何をしに来たのか。今朝の殺人事件の情報についての聞き込みという名目で、深瀬の謎を追いに来たとしか言いようがない。しかしそれは、かつて十燈荘で起きた殺人事件と連動している。

どうにも、今回の事件は十六年前と繋がっているような気がしてくる。

「ところで」

笹井はふと、気になっていることを口にした。

「ここも、外れとはいえ一応十燈荘の中ですよね？　間宮さんはどうしてここで開院されることにしたんですか？」

「ああそれは、紹介があったんです。しばらく都会で勤務医をしていたのですが、そこのお客様に十燈荘に別荘を持っている方がおりまして。もともと十燈荘には古い個人病院があったのですが、そのお医者さんが高齢で引退する際に、新しい病院を建てたいと自治会で決まったそうなんですね。それで、その方から推薦を受けて」

「どなたですか？　お名前は」

「それは言えません。今回の捜査と関係ないですから。でも、何人もの医師が立候補して、自治会の投票で私に決まったので、そこまで強引な結果ではなかったと思っています。十燈荘という高級住宅街に相応しい病院を建てるとアピールして、それが住民の皆様に気に入っていただけたようでして」

「確かに……」

改めて笹井は診察室を見回す。壁に掛かっている絵には妙な迫力があるが、もしかして複製画などではなく一点物だったりするのだろうか。

「おかげさまで、この高級感が人気で、十燈荘の外からも患者さんが来てくださっています。たとえば深瀬さんとか」

「あの、なぜ深瀬さんはこの病院を選んだんですか？　多分、あの人は静岡中央市に住んでいますよね。ここまで車で一時間以上かかると思います」

「私もそれは聞いたのですが……十燈荘にたまに出入りしてみたいという話で。多分、十六年前の事件に未練があるんでしょうね」

「そういうものですか……」

間宮の話はどこか釈然としない。わざわざこんな遠くの病院に診察を受けに来る。その理由が、十燈荘が未だに気になるから、だとしたら、深瀬は十六年前の事件は未解決だと思っているんじゃないだろうか。

確かに、次々と死亡していく相棒の最初の一人がここと関連しているなら、十燈荘に気を配っておくことには意味があるかもしれないが……。

「笹井さん、今回あなたにお話ししたのは、捜査に協力するという理由だけではないんです。今話していてわかりましたが、あなたは、深瀬さんのことを心配していらっしゃるでしょう？」

「もちろんです」

「でしたら、聞いてほしいことがあります。十六年前、深瀬さんの相棒である鳥谷さんを殺害した犯人、高倉をどのように深瀬さんは突き止め、追い詰めたのかご存じですか」

「それは深瀬さんの執念とも言える捜査の結果じゃないんですか？」

「違います。深瀬さん、いえ警察自体、犯人の特定には至らなかったのです。高倉という憎い怪物を見つけることはできなかった。深瀬さん自身がそう言っています」

「特定できなかった？　ならなんで深瀬さんは高倉にたどり着いたんですか」

「それは、声を聞いたから、だそうです」

「声？」笹井は眉を顰《ひそ》めて訊き返した。

「先の見えない捜査で息詰まった頃、鳥谷さんの殺害現場を訪れた深瀬さんは、頭の中に声が響いたのだそうです。その声は、犯人の特徴を断片的にも示していた。そしてその特徴をもとに付近の防犯カメラを捜査して、高倉を追い詰めた」

「そんなバカな」

「私もそう思いました。でも深瀬さんは、犯人の目の前で彼しか知らない事実を突きつけ、高倉の自供を促したのだそうです。幻聴で聞いた話を基に、犯人を特定し、しかも自供させた……」

「そんな馬鹿な。その声は、誰かが隠れて言ったんじゃないですか。どこでそんな声が聞こえたって言うんですか」

「ご夫婦の殺害現場となった鳥谷さんの自宅だそうです」

「自宅……」

「はい。家が語りかけてきた、と深瀬さんは言っていました」

「家……ｈｏｕｓｅ？」

笹井は思わず、先程秋吉家のパソコン画面で見たユーザー名を口にした。秋吉春樹が必死に話しかけていたユーザーがｈｏｕｓｅだ。しかし、今この話と結びつけるのには、あまりにもオカルト過ぎる。

オカルトと言えば、野沢が好きそうだな、と笹井は関係のないことまで考えた。

「ええ、ハウスという意味の家ですが」

「間宮さんは、ｈｏｕｓｅというアカウントに何か心当たりはありますか？」

「いいえ、まったく。ＳＮＳのユーザーですか？」

「ないなら良いんです」

思わず聞いてみたが、笹井の追っているｈｏｕｓｅはネットゲームのユーザーだ。流石に間宮には関係がないだろう。

「深瀬さんは、鳥谷さんの家が意志を持って自分の頭の中に話しかけてきたと思っているんですね？」

「そういう話です。一応、ご本人も幻聴だとは言っていますが」

科学では断言できない話があるのも、この場所にいるとわかりますよ、と間宮は息を吐いて再びハーブティーを口にした。長話をした今、それはすっかり冷えてしまっているだろう。

「この場所、というと医学界という意味ですか？」

「いえ、藤湖ですよ。この場所には何か不可解な力があると感じています。古くから不思議な話がたくさん残っている場所です。私も藤市出身で、他県の医大で学びましたが、いつかここに戻ってきたいと思っていました」

だから十燈荘で病院を開く話に乗ったのだ、と間宮は言った。

「藤湖の魅力……よく聞く観光業の謳い文句な気がしますが」

「まあ、刑事さんは夢がありませんね」

間宮は呆れたように言葉を継げる。

「深瀬さんだって信じないと思いますよ」

「かもしれませんね。でも深瀬さんは、家の声を聞いているそうですから。十六年前の犯人逮捕の後も、深瀬さんは、しばしば事件現場で声を聞くようになったようです。とても断片的で自分ではコントロールできないようですが、声との対話を繰り返す中で、だんだんと条件も見えてきましたと言っていました。声が聞こえるのは、決まって事件が家に紐付いているときだそうです。殺害場所が公園や工場、空き地、そういう場所では声は聞こえないそうなんですね」

「家だけが語りかけてくる、ということですか」

「はい、愛情を持って暮らした場所というのはそういうことも起きるのかもしれませんね。深瀬さんは単独行動をしていると聞きますし、あの態度ですから、私から見てもそんなに有能には思えないんですよ。でも、実際に検挙率が高いわけですし、何か聞こえているのだと思いますよ。家の声、いえ、死者の声？」

「あるいは死神の声……？」

「ええ。そういうあだ名だそうですね」

「でもさっきの捜査では、そういう症状は見られなくて」

「そうなんですか。そういえば、声が聞こえる時に誰も傍にいない方が良いとも聞きました」

笹井は午前中の出来事を反芻する。確かに、深瀬は笹井をあまり相手にせず、独り言を言うことも多かった。

「あ」

もし声の話が本当なら、だから深瀬は単独行動を取るのかと納得できる。しかし、とてもそんなことを前提に行動はできない。

深瀬に対し、どう接したら良いのか。笹井は頭の中を整理したくて呟いた。

「僕はどうしたら良いんだ……」

「刑事さん。カウンセリングはいつでも受け付けていますよ。でも、できれば犯人を先に捕まえてほしいですね」

冗談なのか本気なのかわからず、笹井は間宮の目を見る。そもそも、ここまでの話の全てが間宮の嘘という可能性もあるのだ。

間宮は笹井の内心を見抜いたように頷いた。

「私は、深瀬さんが何らかの事件の犯人だと思ったことはありません。彼の中にある正義感は、誰よりも鋭いと感じていますから。……まるで鋭利な刃物のように人の悪意や嘘を切り裂く。近くにいればわかると思いますが。もしあなたが嘘つきなら、それはいずれ深瀬さんの手によって表に出るだろうと思いますね」

「僕が？」

急に切り込まれ、笹井は面食らった。

「僕が疑わしいって言うんですか？　殺人事件の犯人だって」

「そうは言っていませんよ。何故焦るんですか？」

「いやだって、あり得ないことですから」

「でも、あなたは深瀬さんを疑ってここに来たんですよね。深瀬さんと一緒に捜査をしているにもかかわらず」

「いやそれは、野沢という刑事に言われたからで……」

「その人のことは知りませんが、あなたは深瀬さんの相棒なのか、相対者なのかは気になりますね。……正義と悪、光と闇、陽と陰、警察官と殺人犯。相反しているものが実は一つということもありますし」

間宮の話は抽象的で、笹井にはかみ砕けない。笹井は首を大きく振りながら口を開いた。

「……決めました。私は深瀬さんと共にこの痛ましい事件を追います。そして自分の目で判断します。深瀬さんの正義が何なのか、私の視点で。スピリチュアルな話はこりごりです」

「ふふ。それは良い兆候だと思います。どうでしたか？　私のカウンセリングは」

「……今の、治療か何かだったんですか」

「次回のご利用をお待ちしております」

間宮は柔らかい雰囲気で笑いかけてくる。

「とはいえ、一緒に捜査するなら、あなたが五人目になってしまう可能性はありますね。お気をつけて」

五人目、つまり深瀬の相棒になった刑事は死ぬ、その五人目ということか。この間宮という人物が今回の事件に関与しているとは思えないが、どうも素通りできない不穏さを感じる。

笹井は名刺を取り出し、彼女に渡した。

「色々お話しいただきありがとうございました。今回の事件でも何でも、何か気になることがあったら僕に連絡をください。もしかしたら、他の刑事が話を聞きに来るかもしれません。十燈荘内で聞き込みを行っているので」

「ええ、もちろん協力します」

その言葉を聞いて、笹井は席を立つ。次に向かうべき場所はどこか。それは深瀬のいる場所だと決意し、足早に病院を出て自分の車に乗り込んだ。

七

静岡中央駅から三十分ほど車で北上したところに藤ゴルフクラブはある。藤市唯一のゴルフ場で会員数も多い。特に富裕層のシニアがその割合を多く占めてはいるが、健康意識や接待など、若い経営者も多く利用しているクラブである。

藤市の山の麓にあるこのゴルフ場から見える景色は圧巻だった。四季折々の花を楽しみ、小川のせせらぎが心地良く響く。今日、十月十日はなまぬるい秋風が吹くゴルフ日和だった。

深瀬は、そのゴルフ場の入り口の階段をゆらゆらと歩いて上った。

「静岡県警の深瀬です。少々伺いたいのですが、この方はこのゴルフ場に来ていますか」

警察手帳と秋吉航季の写真を見た受付の女性は、困惑気味に告げる。

「いえ、なかなかお顔だけでは。多くの方が利用していらっしゃいますので」

そうして近くにいた二人のスタッフにも声をかけたが、彼らも写真を見て首を傾げた。どうやら見た記憶がないらしい。

「では、会員名簿はありますか」

「ええ、こちらです」

分厚い名簿を渡されるなり、深瀬は乱雑にページをめくっていく。今時、電子データで管理されていないことに苛立ちながらも指を舐めて紙をめくり続けた。

「これか」

秋吉航季の名前は確かに存在した。ついでに、ロッカーを月額で契約していることも記載されていた。

「このロッカーを見せてくれ」

「はい」

その頃には、ゴルフ場の経営者が慌てて受付まで来ていて、鍵はこの男が取り出した。エレベーターで地下二階に降り、ロッカールームが並ぶ部屋に入る。サイズの大きいものから小さいものまで数百という数だ。

経営者はF列の奥にあるロッカーの前で立ち止まり、鍵を開けた。深瀬は彼を押しのけるように扉に手をかけた。

中には、真新しいゴルフクラブのセットと、練習着、シューズなどの道具が一式入っていた。ドアの脇の収納部分には家族の写真と、息子と二人でアウトドアをしている写真が貼ってある。

「秋吉さんの名義で使用されているものはここだけですね」

「ええ、はい。名簿上だとそうなっています」

そう経営者は頷いた。

深瀬はゴルフクラブのバッグを開け、ロッカーの隅々まで調べた。バッグもその中のクラブも、取り出してみると少し埃がかかっていた。

「このクラブは使われていないようですね。秋吉航季さんは、練習には来ていたのですか。その記録はないですか」

「今調べさせます」

経営者の指示で、女性が受付に戻っていく。深瀬がしばらくロッカーの中身を確認していると、戻ってきたスタッフが記録用紙を深瀬に差し出した。

「この方が最後に来られたのは、二年前の三月でした」

「約二年半、ここにはきていないと」

「はい、記録上そうなります。ロッカーの鍵も受付でお預かりしていますので、間違いないかと思います」

女性の言葉に深瀬は首を捻る。ゴルフボールを詰められて殺された秋吉航季は、ゴルフ関連の怨恨の可能性があった。しかし、二年以上藤市唯一のゴルフ場に来ていないという。なのに、趣味はゴルフで、週末にはよく行っていたとリノックスの前川は証言していた。

では、秋吉航季は週末ごとにどこか別の場所へ行っていたのだ。深瀬は、もう一つの手がかりを探すことにした。

「このゴルフ場に売店はありますか」

「ええ、もう一つ上の階に」

深瀬は軽く頷いて階段へと向かった。一つ上の階にはシャワー室や休憩所、自動販売機などが設置されていた。

深瀬は売店に入り、ゴルフボールを手に取った。食べないでと注意書きされたパッケージを何の躊躇もなく破り、一つを手に取る。経営者が苦い顔を作った。

「一ダース、十二個入りで一万一千円か。胃の中から口の外まで溢れ出ていた状況を考えると、少なくとも三ダースは必要になるだろう。ボールの重さも形状も胃に詰まっていたものと同じだな」

「ちょっとあの……」

白髪交じりの売店スタッフが困惑したように深瀬達を見る。振り向くと同時に、ゆっくりと深瀬は警察手帳を見せて口を開いた。

「静岡県警の深瀬だ。この店の購買記録を見せていただきたい」

驚いた表情をした男性は、小さく何度か頷きカウンターにあるパソコンの画面に向かった。

「ここ六ヶ月以内に、このゴルフボールを三ダース以上購入した者はいるか」

「うちのオリジナルのゴルフボールですか」

売店スタッフの男性は、キーボードをカタカタ鳴らしながら目を細めた。おそらく老眼なのだろう。

「ええと、それだけの数を一式で購入される方は覚えているはずなんですがねえ。最近、物忘れが激しくてね」

深瀬は答えを早く知りたいと貧乏揺すりを始める。しばらくして、スタッフが深瀬を見た。

「刑事さん。すみませんが、その数を一気に購入されている方はいませんね」

「では半年ではなく、これまでの全期間で検索をしてくれ」

「ええ、それでしたら、百二十名ほどいます」

男性はズレてきた眼鏡を押し上げながら深瀬を見上げた。

「それと、一ダースずつ何回かに分けて購入した人間も調べてくれ」

「その条件だと、千人以上はいますよ」

深瀬はため息をついて告げる。

「両方の条件で、リストを印刷してくれ」

「はい、わかりました」

スタッフが作業に入ったところで、ゴルフ場の経営者が怪訝な顔で深瀬に話しかけてくる。

「やっぱりあの、これって、十燈荘の殺人事件の捜査なのですか？　うちが関係してるってことですか……？」

「捜査上で知り得たことは言えないが、ご協力いただきたい」

ぴしゃりと質問をシャットアウトし、深瀬はプリントアウトされた書類を受け取る。

「念のために確認したい。このロゴ入りのゴルフボールを他で購入することはできますか」

「いいえ」スタッフが首を振る。

「ネット販売もしていませんし、ここでしか買えないボールですよ。ですが当然、誰かにあげた人はいるでしょうし、ネットオークションやフリマサイトでもまとめ売りされているんで、手に入れること自体は難しくないでしょう」

「そうか。ありがとう。調査は以上だ」

深瀬はボールを一つポケットに入れ、書類を抱えて店を後にした。取り残されたスタッフ達は顔を見合わせたが気にもしない。ゆらゆらと体を揺らし建物の出口に向かって歩く。深瀬は独り言のように口を開いた。

「秋吉一家。春樹を入れて四人の状況は、それぞれの趣味に関係しているように見せかけられていた。となると、父親はゴルフ、母親は料理、娘はダンス、息子はゲーム。個々の趣味を知り得る人物の犯行だと考えられる。しかし、娘の習い事はヴァイオリンだ。あのワイヤーはヴァイオリンの弦を意味しているのかもしれないが、ダンスの衣装を着ているのはズレがある。本当はダンスを習いたかったということか？　そして、秋吉航季も実際はゴルフをしていない可能性がある」

つまり前川が嘘を言っていたか、秋吉にゴルフが趣味だと言われ、騙されていた可能性がある。秋吉航季はゴルフクラブに登録していても、週末の行き先はゴルフ場ではなかったのだから。

「そうなると、秋吉航季は週末どこに出かけていたのか。それに、夏美と冬加の趣味についても疑わしい」

深瀬が車に乗り込み、ゴルフ場を後にしようとした時だ。はあはあという息遣いが聞こえて、若い刑事が走ってくる。

「深瀬さん、見つけましたよ！」

流石に若いだけあって足が速い。あっという間に笹井は目の前に立っていた。深瀬は、額に汗の光る後輩をジッと見つめた。

「深瀬さん」

「相棒はいらないと言っただろう」

そう言って車のドアに手をかけようとしたところで、笹井は深瀬の胸倉を掴んで叫ぶ。

「バカにしないでくれ、俺は死なない！」

「はァ？」

深瀬は眉を上げて威嚇する。笹井は内心その表情に震えながらも大きな声を出した。

「何でも良い。何でもやりますから、一緒に捜査させてくれませんか。なぜこんな恐ろしい事件が起きたのか。謎の多い高級住宅街に住む、平凡で普通な家族に何があったのか。僕は無念を晴らしたいです。この事件の真相を知りたい」

「無念を晴らす？　自己満足の間違いだろう。犯人を捕まえようと生きた人間は戻らない。俺達がどれだけ潰しても犯罪者はいなくならない。ウジ虫のように湧いてくる」

「なんとでも言ってくれ。俺はあなたの前から離れない」

若者は、後輩の仮面をかなぐり捨てて怒鳴った。深瀬は表情一つ変えずにため息をつく。

「邪魔だ。お前みたいな若造が隣にいると吐き気がする。ガキは大人が守ってやらないと何もできない。これは遊びじゃない」

「そんなこと、わかっています。僕も警察官です。この事件を解決したいのは同じじゃないですか」

「窃盗や痴漢じゃない。相手は殺人鬼だ。一度でも人を殺した人間は怪物だ。そんな奴と、本当に裸一つで向き合えるのか。本物の悪意は、お前の想像をはるかに凌ぐぞ」

凄む深瀬に、笹井はごくりと唾を飲み込んだ。

「俺はお前に、何もするなとは言っていない。警察官として事件を追えば良い。ただ、俺に近寄るなと言っているんだ。司法解剖の結果を待て。周囲の防犯カメラの映像を調べて、不審者の聞き込みを帳場と一緒にやってこい」

「もうやってます！　深瀬さん、なんでそこまで孤立しようとするんですか」

笹井は息を整えながら訊いた。

「孤立じゃない。単独捜査だ。お前、帳場でおしゃべりな誰かから、俺の噂を聞いたんだろう？」

「はい、聞きました。だから、僕を死なせないように、近くに寄るなと言っているんですよね」

「おめでたいな」

深瀬は呆れた顔を作り、好きにしろ、と吐き捨てた。笹井は一度破顔し、真面目な表情に戻る。

「深瀬さん、藤ゴルフクラブで何がわかったか当てましょうか。秋吉航季はここへは長い間来ていない。おそらくは二年くらい。それどころか、ゴルフすらしていないかもしれない」

「ほう」と深瀬が眉を上げる。

「手ぶらで来たわけじゃありません。僕なりにこの事件を洗い直してみました。三人の最終的な死因は、窒息死、凍死、溺死、そして長男の春樹くんは意識不明の重体ですが、絞殺です。普通に見れば、それぞれにメッセージ性があるのは一目瞭然ですよね。でも、実はそのメッセージはちぐはぐでした。個々の実態とはかけ離れていたんです」

「秋吉家が虚像だったと」

「そうです、これを見てください」

そう言うと笹井がバッグから書類を取り出して深瀬に見せた。

「料理好きだったと言われている夏美さんは冷凍食品を毎月買い込んでいますし、最寄りのスーパーではなく遠い店にわざわざ買いに行っていました」

防犯カメラの写真を見せながら笹井が言った。

「ヴァイオリンが好きだという冬加ちゃんはヴァイオリン教室には行かずに、週末には藤公園の溜まり場でダンスをしていたそうです」

「なるほど。聞き込みの成果か」

「そうです。十燈荘は、一見綺麗に見えて、ドロドロとした場所ですね。みんな、何か腹の中に溜め込んでいる。秋吉家のゴシップを話したくてたまらない感じでした」

「秋吉家の実情をみんなが知っていたのか？」

「いえ……家族全員分の情報は一度に集まりませんでした。たとえば、冬加ちゃんは、藤公園近くで車を降りてヴァイオリン教室に行くはずが、実はサボって公園で遊んでいるのを見たと。それを言った人は、他の家族のことは知りませんでしたね」

「そうか。……だが、そういう情報が一箇所に集まる場所がある」

「そうなんですか？　それって？」

「『じゅっとう通信』だ。十燈荘の住民だけが使えるネット上の掲示板だよ」

深瀬は、じゅっとう通信にログインして笹井にスマホを渡した。しばらく操作した笹井は、うわあ、と声を漏らす。

「これはひどい。秋吉家の悪い噂ばかりです。こんなの、放置してて良いんですか」

「管理会社の上にいるのは十燈荘の自治会だ。あそこの社長が強く言うことなんてできないだろうよ。実際は、その状態に気づいてもいなかったらしいが」

「秋吉家は、表向き、絵に描いたような仲の良い家族だった。でも実際は違っていたし、住民には妬まれていた？」

「どうなんだろうな。秋吉航季は元十燈荘住民とはいえ、富裕層ではない。本来十燈荘に住めるほどの資産がないわけだ。そうなると、排斥まではいかなくても、標的にされる」

「なるほど……秋吉家の悪口を言うことで、十燈荘の住民はまとまっていたということですかね」

「ありうるな。実際、それで秋吉夏美は背伸びしていたんだろう」

その言葉に笹井が首を傾げ、深瀬は解説した。

「秋吉家のキッチンは綺麗すぎた。包丁は磨かれコンロには油の跡一つない。しかし電子レンジには使用感があった。夏美は料理の写真をＳＮＳに上げて、セレブ風の生活を装っていたんだろう。見栄のためだろうが、そうでもしないと十燈荘では生きづらかったんだろうよ。長女の冬加とも藤市への移住を巡り口論もあったらしい。この家族の本当の姿を見つめることが犯人像への糸口だろう」

「そうですね。引き続き聞き込みを続けます」

そう言って頷いた笹井は、ふと深瀬の持っていた書面に気づく。

「それは何ですか？」

「父親の航季を窒息死に追いやったゴルフボールの購入者リストだ」

「分厚いですね。これまでの流通を遡るとなると相当な人数になりそうです」

言いながら、笹井は腕時計に目をやった。時刻は十七時半を過ぎており、辺りは薄暗くなっていた。

「深瀬さん。冬加ちゃんがよくいたという藤公園の溜まり場に行ってみませんか。そこには冬加ちゃんの本心、もう一つの側面がある気がするんです」

「今からか？」

「彼女は、週末は友達の家に泊まり込んで、夜に藤公園に出入りしていたらしいんですよ。夜の方が、彼女を知っている子どもがいるかもしれません」

「わかった」

大きくため息をついた深瀬は、今度こそ自分の車のドアに手をかける。

「あ、途中でコンビニに寄りましょう。夕飯を食べないと」

そう笹井は元気よく告げる。深瀬は思わず自分のボサボサの頭を掻きむしり、だから相棒なんていらないんだ、と吐き捨てた。

八

藤ゴルフクラブから藤市内の繁華街にある藤公園に行くまでには、藤湖をぐるっと回り込む必要があった。暗くなった湖面は周囲の店や住宅の灯りを反射し、きらきらと美しい。その湖畔を行く道路の脇にあるコンビニエンスストアに入った深瀬と笹井は、それぞれおにぎりと飲みものを買って店を出た。笹井が自分の車に戻らず、深瀬の車までやってきて助手席に座り込むのを深瀬は苛立った表情で眺める。ここまで強引に来られると、やりにくくて仕方がないのだ。

「あ、テレビつけますね」

車に搭載された小さなテレビ画面は、当然のように十燈荘のニュースを伝えていた。昼間、ヘリから空撮したらしいはるか上空からの映像が流れていく。

秋の何気ない日常に起きた、凄惨かつ特異な事件をメディアは一斉に報じていた。

『ここ、十燈荘は静岡県藤市にある高級住宅街です。世界遺産にも認定されている、日本で最も高い透明度を誇る藤湖、その湖畔をなぞるように設計されています。藤湖は毎年五月、透き通るような湖面にシズフジの紫色が反射し、一色に染まる姿を見せてくれます。まさに絶景です。その最高の景観が日常的に楽しめる十燈荘は、毎年土地価格が値上がりし、近年では日本屈指の高級別荘地となっていました。そんな場所で、このような残忍な事件が起きてしまいました。亡くなった秋吉一家に何があったのでしょうか』

そう言って息巻いたキャスターが事件の概要を伝えていた。しかし、住民自体はテレビのインタビューには出てこなかった。モザイクをかけてテレビに映る人物はおらず、キャスターは聞いた話として間接的に十燈荘のことを語っている。

実際、今朝から藤湖の上空には、各テレビ局保有の撮影・中継機材を搭載した専用ヘリコプターが飛びまわり、事件現場の秋吉家には規制線が張られていた。秋吉家の周りだけでなく、十燈荘自体に数十人もの警察官が入り込み、一時はパトライトが点灯した警察車両が道を埋め尽くす勢いだった。

こんな状況で単独捜査をしている深瀬がおかしいのだと、笹井もわかっている。本来、木嶋課長や大中管理官に逐次報告しながら調査を進めるべきだった。しかし、今は深瀬の捜査を見守りたいと、笹井は最低限の連絡と、情報を受け取ることしかしていない。

ニュースキャスターが画面の中で、意気揚々と声を張り上げる。

『ここで新たな情報が入ってきました。捜査関係者を取材した当局の独自ニュースです。——実はこの十燈荘では、過去にも忌まわしい事件が起きていました。十燈荘妊婦連続殺人事件。妊娠中の女性ばかりを狙った凄惨な事件でした。そして、警察関係者から、この事件についての捜査は終了していないという非公式のコメントがありました。果たして今回の秋吉さん一家の事件と何か関連性はあるのでしょうか』

テレビカメラが十燈荘の民家を映し出す。住民達はカーテンを閉め切って日々の生活を守ろうとしていた。大学教授だというコメンテーターが、十燈荘について語り出す。

『そもそもこの十燈荘は、非常に不可思議な地域でもあります。もともとは火山噴火により、偶発的にできた藤湖。その湖心を中心に円周となる地域がひとまとまりとして栄えてきました。古来神々の伝承が多く、歴史上の高名な人物が滞在・逗留したという記録が多数残されています。神社も他の地域より多く、祭りの数も多い。地元住民はこの土地を愛し、人口の流出は最低限だと言われています。UターンやIターンする若者も多く、藤市はこの少子化の時代にも人口が減らない都市としても有名です。それほどの魅力が、この藤湖にあると考えられます。では何が素晴らしいのかというと、藤湖の絶景としか言いようがないのです』

「そうなんですよね」

笹井は思わず口にした。

「僕、クリニック間宮にも聞き込みに行ったんです」

その名前に、ぴくりと深瀬が反応する。

「そこの院長に、何故十燈荘で開院したのか聞いたんですが、結局藤湖が素晴らしいって話で、何か納得できなかったんですよね」

「堀田まひるも同じことを言っていたな」

「花屋の店長ですか？　あの、夏美さんがパート勤務していたっていう」

「そうだ。何故みな藤湖に、十燈荘にこだわる？　俺には理解できん」

「僕もです」

おにぎりにかじりつきながら、笹井が同意する。そこにコメンテーターが解説を続けた。

『一九二八年、藤市がその特異な地形を商業的に利用し、高級住宅街というコンセプトをもとに開発したのが現在の十燈荘です。ここは自然と人間が力を合わせて創った理想の町だと言われています。古くは近代日本の礎を築いた財界人、今では経営者や弁護士や医師などが住民の多くを占めており、国内外の成功者が集まるエリアなのです。しかし、不便な一面もあります。静岡県藤市と十燈荘を繋ぐのは、藤湖トンネルのみ。このトンネルを通らないと十燈荘から出ることはできず、現在は警察が検問を敷いていて、報道関係者といえども自由に出入りはできません。ちなみに、藤湖トンネルは、関東大震災の際も被害を受けなかったことから、神の通り道と言われています。このトンネルを通った先は、十燈荘という神域だという話もありますね』

「大袈裟だなあ」

「しかし、この話からすると藤湖トンネルができる前は、十燈荘はただの山だったということだな」

「本来、人が入ってはいけない神域ってことですか？」

「まあ、そういうのは民俗学をやる連中が考えれば良い話だが」

「なんていうか、でも、入っちゃいけない場所だったとしたら、そこに住んだら恩恵があるというより呪われそうですよね」

「昔から、日本の神は祟るからな……」

実際、全国ニュースになるような殺人事件がこんな狭い場所で二度も起きているのだ。それなのに、十燈荘に住みたい人間は後を絶たない。人気がある、というより呪われているという考え方もあるな、と笹井は真面目に考え始めた。

『都会に程近いにもかかわらず喧騒から離れて美しい景観を感じることができる十燈荘ですが、商店はほとんどありません。自治会の依頼を受けたいくつかの店が住民の生活をサポートしています。他にも、電柱も地面埋め込みというほどに景観が重視されている点も特徴的です。当然信号機もなく、オリジナルの円を横線で区切ったロゴマークがあちこちに見られますね』

ロゴが印字されている街灯やマンホールにカメラが向けられる。

『事件のあった秋吉家は、四百平方メートルの敷地を有していますが、これは十燈荘の中では最低ラインといえます。これより小さい面積の家を建設することは不可能です。そして驚くべきは通称十燈税と呼ばれる自治会費です。入会金は百万円、月の会費は十万円と言われており、住民達は専用のネット掲示板などで情報を共有し合っているとの噂もあります』

「十万円？」

笹井が驚いて口にして、深瀬が補足する。

「それは本当だ。裏取りしてある」

「そんな額、秋吉家に払えるんですか？」

「そのために、夏美はパートを始めたんだろう」

ああそうか、と呟いた笹井の声に、コメンテーターの声が上書きされていく。

『そしてなんと言っても藤の花です。一般的な藤とは違うシズフジと呼ばれるもので、この十燈荘にしか存在していません。もとはヤマフジの一種だったようですが、気温や環境の変化により独自に生態系を変え、別の品種と認定されています。他の藤と比べて色がより強く、花は大きく咲き誇り、藤湖をより雄大に昇華させる特別な花と言えるでしょう。藤の季節に開催されるふじ燈篭祭は、全国的にも有名な祭りで、この日だけは十燈荘は観光客に全面的に開放されるんですね』

このテレビ局だけではない。各メディアは秋吉一家三人殺人事件の特集を組み、十燈荘の歴史や過去の事件の概要まで、事細かく報じていた。

「深瀬さん、ちょっと藤湖を見ていきませんか?」

そう言って笹井が車を出る。どうせゴミをコンビニ前のゴミ箱に捨てなければならないから、と深瀬も渋々車を降りた。

時刻は十八時過ぎ。十メートルも歩けば、藤湖の水際までたどり着く。夏は泳ぎに来る家族連れで賑わう場所だった。暗い湖面は、電灯の光を反射してゆらゆらと灯りを放っている。そのはるか先に小さな灯りの群れが見えた。あれが十燈荘だ。

「あの町は何かがおかしい」

深瀬が呟く。

「美しい藤が咲き乱れる小さな町にしては、人間どもがまるで何かから虚勢を張るように足を踏みつけ合い、不自然なほど妬《ねた》み嫉《そね》みが蔓延っている。藤フラワーガーデンの堀田まひる、リノベーション会社の前川隆史、十燈荘エステートの吉田静男、クリニック間宮の間宮成美、全員が何かを隠している。そしておそらく」

「秋吉家もですよね」

笹井がその続きを口にした。今解くべき謎は湖面の向こう側にあった。

九

十燈荘から車で十五分ほど北上した場所に藤公園はあった。ここまで、秋吉冬加はヴァイオリン教室に通うという名目で、十燈荘エステートの送迎サービスを利用していたことは、社長の吉田から聞いた話で深瀬にも推察できていた。

昼間は家族連れやキッチンカーがやってきて賑わう公園らしい。藤市有数の繁華街も近く、ガールズバーやコンカフェなどの看板が見える。日が落ち、辺りが暗くなった現在、治安はあまり良いとは言えない。

時刻は十九時。土曜の夜、コンビニで買ってきたのか缶チューハイやおつまみを広げる者、うなだれるようにベンチで寝ているサラリーマン、集まってきた若者の集団など様々な人間模様が垣間見えた。

深瀬と笹井は駐車場に車を停め、古い木製ベンチの周囲にたむろする五、六名の若者達に近寄った。見た目から、高校生と中学生が交じっているように見える。

こんばんは、と笹井が声をかけるより前に、深瀬が警察手帳を取り出した。

「静岡県警の深瀬だ。少し話を訊かせてもらいたい」

当然ながら若者達は顔を引き攣らせ、お互いに視線を交わした。警察というだけでなく、深瀬の容姿が怖過ぎたのだ。

「深瀬さん、ダメですよ。そんな言い方でよく聞き込みできていましたね。……みんな、静岡県警の笹井です。ちょっと訊きたいことがあるので、協力してもらえるかな」

笹井も警察手帳を取り出して、にこやかに笑いかける。

「あ、はい」そういうと若者達は、ぎこちない表情で集まってきた。反応の違いに不満そうな深瀬が睨みを利かせる。

「秋吉冬加ちゃんって子を知っているよね」

笹井はそう言って写真を内ポケットから取り出した。

「は、はい」

「あの……殺人事件って」

「うん、その件で調べているんだ。冬加ちゃんについて知っていることを教えてほしい」

子ども達が目配せする。ここにいたら、もしかしたら事情を聞かれるということは予想できていたらしい。

「あんまり話すと、冬加がお母さんに怒られるって言ってたけど、でも……」

女の子の一人が躊躇いがちに呟き、笹井はうーんと額に手を当てた。秋吉冬加が秋吉夏美に叱られることは、もはや永遠にないのだが、それを口にするのには躊躇いがある。

「聞かせてくれ」

深瀬は笹井の配慮など意に介さず切り込んだ。

「秋吉冬加が最後にこの公園に来た日を知っているか？」

「誰か見た？」

「先週の土日にいたよね」

「水曜日にもいたよ。ヴァイオリン教室サボってさ」

「水曜日、というと三日前か。どうやって彼女はここに来ていたんだ？　十燈荘からは遠いだろう？」

「土日は自転車で頑張ってたよ。で、誰かの家に泊まるか、夜中に自転車で帰ってた。ヴァイオリン教室のときは、車で送り迎えがあったよね」

それは十燈荘エステートのサービスだろうな、と深瀬が頷く。

「昨日の夜は？」

「いたかも？　んー、でもわかんない」

「土日にこの公園にいるというのは、金曜夜からか？」

「そうだよ。でも泊めてくれる友達がいないと、渋々家に帰ってたかな。十燈荘って山だから、自転車で帰るのキツそうだった」

「失礼だけど、大人の男の人に泊めてもらうとかは……」

笹井がすまなそうに切り出した。この公園の周りにはガールズバーやコンカフェの看板が多い。風俗関連のスカウトなどもあるだろうと思ったのだ。

「ないと思う。冬加、そういうの嫌いだもん」

「泊まるのは女子の家だけだったよな。俺断られたし」

「下心あるからじゃん」

「いや、そんなことないって！　うち親いるし、困ってたからだって」

一人の男子がからかわれて言い訳をしていた。

「となると、昨夜も秋吉冬加はこの公園に来ていた可能性はあるか」

深瀬の呟きの後、別の女の子が深瀬ではなく笹井に話しかけてきた。

「おまわりさん。冬加って本当に死んじゃったの？」

「そうだよ」そう笹井が重く告げる。

「僕達は犯人を捕まえたい。でもそれには君達の協力が必要なんだ。他に、何か知っていることはある？」

男女の集団は首を傾げて、何か知ってる？　とお互いの顔を見やる。

「なんか変な人につきまとわれてるって言ってなかった？」

「それは冬加じゃなくて別の誰かじゃない？」

「変な人がいる？」

そう聞くと、みんなは一斉に頷いた。

「結構いる。だいたいおじさん。じっと私達の方を見ていたり、スマホを見たりさ」

「うちら売りはやってないっての！」

「うーん、不審者がいたということかな。秋吉冬加ちゃんと、一番仲が良かったのは？」

「あ……私です」

少し離れた場所にいる女の子が小さい声で話し出した。大人しそうな印象で、髪の長い女生徒だった。

「冬加も私も転校生だから、よく話してました」

「君、名前は？　学生さんですか」

「石山香織です。藤中の三年です」

「何か身分証明、生徒手帳のようなものはあるかな」

「あ……今日は持ってません」

「秋吉家のバーベキューに行ったのはいつだ？」

笹井の問いを押しのけて、深瀬が中学生に問いかける。

「ええと……八月の、八日だと思います」

「わかった、この子があの石山だな」

秋吉冬加の友人で間違いないと、深瀬が笹井に続きを促した。

「石山さん、同級生なんだね。いつ頃から友達だったのかな？」

「ええと、特に話すようになったのは半年くらい前です。私も冬加も転校してきてここが地元じゃないし、ちょうどK-POPにハマってて気が合ったことが始まりで。同じ学校だし、たまたまこの藤公園で会うようになって」

笹井はメモを取りながら鼻の下を擦った。

「じゃあ、みんなは学校の終わりに、ここでダンスの練習をしているのかな？」

「してるー」

「でもまあ、ガチじゃなくて遊びってか」

「みんなネットで繋がって、ここに集まりたいときだけ集まるって感じだから。友達っていうより知り合いだよね」

「私は、冬加とよく練習してました。どこかで発表するわけじゃないけど」

石山の言葉に、また深瀬が口を挟む。

「K-POPの衣装を着て練習するのか？」

「そうです。その方が楽しいから」

「昨日は？　一緒に練習したか？」

「いえ……昨日は私、用事があって家にいました。だから冬加を泊めることもできなくて、多分家に帰ったんだと思います……それで……」

うちに泊まってれば、と石山は泣き出して笹井は慌ててハンカチを差し出す。笹井が石山に構っている間、深瀬は別の子どもに話しかけた。

「秋吉冬加が、誰かから恨まれている話を聞いたことは？」

「全然ないです」

「知らない」

「では、相談されたことは？　ストーカーにつきまとわれているとか、そういう話は」

「ないなー」

「でも、悩みなかったら夜こんなとこ来てなくない？」

「そりゃそうだけど」

言い合う子ども達の隣で、石山がやっと泣き止んだ。

「冬加は、家族と仲が悪かったみたいで、あんまり家にいたくないって言ってました」

「そうなんだ。仲の良い家族だったと聞いているんだけど」

「私、バーベキューに誘われて、行ってみたらお父さんもお母さんも良い人だったけど、でも冬加は時々言っていました。うちの家族は偽物だって。あんな家なんてなければ良いのにって」

「ヴァイオリン教室をサボっていたというのは？」

「好きじゃなかったみたいです。でも、お母さんから行けって言われてるからって。それでここでサボるようになったみたいです。一度、ヴァイオリン教室の先生から親に連絡が行って、サボってることがバレて怒られて、そのあとは教室に顔を出してから早退するようにしたみたいで、バレてなかったと思います」

「なるほどね……」

笹井はため息をついた。

「冬加ちゃんはお父さんと春樹くんについては何か言ってた？」

「お父さんは……平日も土日もいつも家にいないって。春樹くんは……私、転校してきてから一度も会ったことがないんです。受験に失敗してから不登校で、オンラインゲームにハマってて、時々暴れる、みたいな」

「秋吉春樹には粗暴な面があったと」

深瀬が独り言のように呟く。

「あの、春樹くんは……ニュースで見ましたけど」

「ああ、いま病院だよ。僕達も意識が戻ることを願ってる」

そうなんですね、と石山は小さく肩を落として話を続ける。

「春樹くん、一度ゲームを取り上げられそうになってすごく怒って、家のものを壊したりお母さんに暴力を振るったりしたって」

「春樹くんが、日常的に家庭で暴力を？」

「どのくらいかはわかりませんけど。冬加にアザがあったのは見たことがあります。でも、理由は聞いても言ってくれませんでした」

「ありがとう。ところで、石山さんでも誰でも良いけど、ｈｏｕｓｅってアカウントに聞き覚えがある人はいるかな？　オンラインゲームでもＳＮＳのアカウントでも、何でも良いから」

「えー？」

「知らない。ってか、ハウスってダンスの？」

「ダンス？」

聞き返した笹井に男子生徒が答える。

「ダンスにハウスってジャンルはあるけど、そういう名前にしてるやつは知らないなあ。この辺でハウスやってるやつも見たことない」

「そうなんだ。難しいダンスなのかな？」

「そもそも、ダンス教えられるやつ、あんまいないんだよね。みんなスマホで動画見て自己流っていうか」

「冬加ちゃんのアカウントを知っている人は？」

あ、これです、と教えてもらったSNSのアカウント名を笹井はメモに残す。少し投稿も見てみたが、特におかしいところは見当たらない。これが投稿されたと思われるスマートフォンはまだ見つかっていない。

「じゃあみんな、もし何か思い出したことがあったら、静岡県警の僕、笹井まで電話してほしいんだけど」

「え、電話ぁ？」

「めんどくさい」

「はは、静岡県警のSNSアカウントにDMでも良いから……」

笹井とて三十になる前の若者のつもりだったが、中高生のコミュニケーションについていくのは難しい。

「みんな、まだこの後ここにいるか？」

突然深瀬が話し出して、全員が口を閉じた。遅くまで公園にいると補導されると思ったのだろう。

「むしろ、いてほしいんだが」

と深瀬は付け加える。

「あとで写真を持ってくる。その中に、ストーカーと思われる人物がいたら教えてほしい」

場にホッとした空気が流れ、皆は口々に言いつのった。

「わかりました。どうせ今日ヒマなんで！」

「犯人逮捕してくださいね！」

「君達も、危険だと思ったらすぐ逃げるんだよ」

本来警察のこういう対応は望ましくないのだが、今は犯人逮捕が優先だ。深瀬も笹井も、夜に出歩く中高生達を咎めることはせず、そのまま公園の出口に向かった。


「冬加ちゃんのイメージ、だいぶ変わりましたね。学級委員をやっている優等生だと聞いていたんですが」

「夏美も、春樹もだな。むしろ、絵に描いたような理想の家族と言っていた奴の方に違和感が出てきた」

「どんな家族でも事情はありますからね」

笹井の呟きには実感がこもっている。

「深瀬さん。ストーカーは本当にいるんでしょうか？　いるとしたら、その人物は非常に怪しいと思います」

「確かにな。お前は捜査本部に戻って情報を整理しろ。十燈荘に関連する人物の顔写真を集めて本部内で共有。それから、『じゅっとう通信』の書き込みについてはIPを調べろと指示してある。その成果も聞きたい。あとは、秋吉航季が六年前に十燈荘へ戻ってきた理由を調べておきたいところだな」

「それは、どう調べれば……」

「静岡中央市のリノックスという会社に、前川という営業がいる。秋吉航季と懇意だった人物だ。先程話を聞いたから、この電話番号で連絡がつく」

「わかりました。しかし、それって重要なんですか？　よくあることだと思いますが。だって、進学で東京の大学に行って就職して結婚。故郷が懐かしくなって戻ってきたということですよね？」

「静岡に戻ってくるのは良い。しかし、何故東京に行ったかは気にかかる。そもそも十燈荘の住民は、地元から離れたがらない。不自然なほどに地元愛が強い。秋吉航季も、転職してまで戻ってきたのだから同様だろう。自然やアウトドアが好きなら尚更だ。就職についても、静岡県内なら東京の私立よりも地元大学の方が名の通りが良かったりする。自宅から通える大学もあったのに、何故わざわざ土地を離れたか、だ」

「そう言われると、確かにそうですね。これは僕が調べます！」

任せてもらえて嬉しいとばかりに、笹井は敬礼した。その仕草に深瀬は辟易した表情を作る。

「俺は別にやることがある。お前はそのまま捜査を続けていけ」

「あ、ちょっと！　深瀬さん！」

自分の車に乗り込み、深瀬はドアを閉めた。笹井は深瀬がこれからどこへ行くのか聞いていない。それを聞く前に、深瀬の車は公園の駐車場を出て南方向に走り去った。

藤市の南は静岡中央市で、捜査本部がある。しかし深瀬がそこに戻るとも思えない。

「ああもう、任されたと思ったのに……！」

相棒として認めてくれたわけではなく、単に厄介払いとして笹井にも単独捜査をさせる道筋だったのだ。ため息をついて電話であとで話そうと思い、ふと気づいて深瀬のスマホに通話を試みる。

「やっぱり……」

まさかとは思ったが、電源が切れていた。捜査中にあり得ない。けれど深瀬ならやりかねない気もしてくる。

「もしかして深瀬さんは、別にスマホを持っているんじゃあ……」

現代では、スマホの電源を切っては何もできない。けれど秘密裏にもう一台持っていれば捜査は問題なく進められるのだ。捜査本部の木嶋の怒鳴り声だって聞かなくて済む。

「厄介な人だなあ」

笹井はため息をついて、自分も車に乗り込んだ。

十

藤湖トンネルを目指して走行中、スマホが振動したため、深瀬は車を路肩に停めた。画面を見ると、通話相手として『5』という文字が表示されている。

「お前か」

通話ボタンを押すなり深瀬はぶっきらぼうに伝える。相手も、お疲れ様ですと淡々と応じた。

「鑑識から司法解剖の結果が来ましたよ」

「わかった。三名それぞれの死亡推定時刻は？」

「秋吉航季が二十三時頃、秋吉夏美は午前ゼロ時頃、秋吉冬加も午前ゼロ時半頃です」

「秋吉冬加が最後とは意外だな。熱湯で死亡推定時刻を誤魔化そうとしたのではと考えていた」

「はい確かに。ですが、浴室の室温を計測してその差は意図的なものだとわかりましたし、実際には狙って死亡推定時刻を狂わせるのは難しいと鑑識は言ってましたね」

「うちの鑑識が優秀で何よりだ。では順番的には、まず秋吉夏美の意識を失わせた後、三時間ほど冷凍庫に入れて凍死させた。そして秋吉航季には睡眠薬を盛って眠らせ、胃にゴルフボールを詰め椅子に座らせた。それから秋吉冬加をワイヤーで縛りつけ、浴槽にて溺死させた。その後二階へと移動し、秋吉春樹の部屋にて絞殺を試みたという流れか。しかし、秋吉春樹だけ、朝七時までチャットしていた記録がある。その間七時間も、犯人が何をしていたかがわからない」

「はい、時系列はその通りだと思いますね。まあ、アリバイの件では朝よりも夜中の方が重要でして。状況から逆算すると、犯人は午後九時過ぎには秋吉家にいたと推察されます」

「朝に襲われた春樹もだが、秋吉航季が殺されてから一時間以上経って冬加が殺されているというのが気になるな。おそらく、秋吉冬加はその時間に帰宅したんだろう」

「夜中に、中学生がですか？」

「藤公園で聞き込みをした。どうやら、夜遊びをしていたらしい」

「ああそうか。確か睡眠薬が検出されたのは、両親だけです。では犯人は、夫婦が揃った家で睡眠薬を用いて二人を眠らせ、両方を殺してホッとしていたところに娘が帰ってきて慌てたと」

「可能性は高い。そもそもモチーフが間違っていたからな」

「モチーフ？」

「犯人は、見立て殺人のようなことをやりたかったんだろう。ゴルフをしている父親をゴルフボールで殺す。料理が得意な母親を冷蔵庫に入れて殺す。ヴァイオリンを習っている娘をワイヤーで殺してヴァイオリンの弦をイメージさせる。ゲーム好きの息子をゲームのコードで絞め殺す」

「メッセージ性がありますね」

「しかし、調べてみると家族の現実は違った。父親はゴルフ場ではなく別の場所へ毎週出かけていた。母親の料理は冷凍食品だった。娘はヴァイオリン教室をサボってダンスの練習をしていた。息子がゲーム好きなのは今のところズレてはいないが……特に冬加は、ダンスの服を着たまま浴室で溺死させられている。おそらく犯人は、いないと思っていた娘が急に帰ってきて、上手く処理できなかったというわけだ」

「計画殺人に見せて、無計画なところがある、か。となると、ある程度秋吉家について知っている上で、その上っ面しか知らなかった人物が疑わしいですね」

電話口の男は冷静に分析する。

そういうことだ、と深瀬も頷いた。

「あと、鑑識からの追加情報があります。三人に共通していたのは、犯人に対して抵抗していた点です。手や首、関節部分の多くに内出血や擦り傷の跡が見られました。おそらく犯人と揉み合ったのだと考えられます。死亡時に意識がなかったと予想される航季と夏美にも抵抗した痕跡がありました。ですが、爪の裏などから採取された皮膚片は微量過ぎて特定は困難でした」

「そうか、仕方ない。ところで父親の胃の中にはいくつゴルフボールがあった？」

「三十個です。全て藤ゴルフクラブのロゴが印字されていました」

「およそ三ダースか。この数字に意味があるのかどうか……」

深瀬は独り言のように呟いた。

「そういえば、夏美や冬加に以前暴力などを受けた形跡はなかったか？　息子の秋吉春樹には暴力的な一面があったと聞いた」

「女性二人には……、しかし、父親である秋吉航季の腹部には刺し傷の跡がありました」

「現場で笹井もそう言っていたな」

「傷の形状から分析すると、一年ほど前に刺されたものと思われます。一般的に使用される家庭内の包丁の刃渡りと同一の傷です」

「秋吉航季のかかりつけ病院はあたったか？」

「藤市民病院ですね。この件については、新しい容疑者が挙がってきたので、写真付きでデータを送ります。自分の独自調査と、捜査本部に今ある情報もあるだけメールしておきますから」

「仕事が早いな。助かる」

そこで深瀬は何かを感じたように眉毛を動かした。

「そういえば、三人の通話記録は出たか？」

「まだです。わかり次第連絡します」

「待っている。それから、笹井をそちらに行かせた。引き続き様子を観察しろ」

「了解です。笹井と、笹井を現場に行かせた部長はずっと見張ってますよ。そちらからの連絡はいつも通りに」

深瀬はそれに返事をせずに電話を切り、助手席に置いていたノートパソコンを開く。そして藤湖トンネルの手前、街灯のない暗い道でエンジンを完全に止め、これまでに集まった資料を読み込み始めた。闇夜の中に浮かび上がる痩けた表情は、死神と呼ばれるに相応しい陰鬱さを宿していた。

十一

午前中に藤市民病院に緊急搬送された秋吉春樹は、午後六時を過ぎても未だ予断を許さない状況だった。集中治療室での賢明な処置は終わっていたが、意識は戻っていない。酸素マスクをつけ、腕にはいくつもの点滴の管が繋がれ、心電図は力なくリズムを刻んでいた。

藤市民病院の精鋭医療チームがベストを尽くし、あとは祈るしかないという状況だ。春樹の首には保護具がつけられており、首を強く絞められた痛々しい跡が色濃く残っていた。

その病室の入り口の外には警察官が二名立っている。中では、主治医と刑事が一人、少年の姿を見下ろしていた。

「なんとか助かってほしいが……」

刑事の呟きに、主治医が苦しげな表情で頷く。

「春樹くんはずっと僕の患者でしたが、まさかこんなことになるなんて……」

「残念なことです。ああ、先に様子を見させていただいてありがとうございました。改めまして、私、静岡県警の刑事の野沢と申します」

先程警察手帳を見せられた主治医は、頷いて名乗り返した。

「後藤晶です」

「失礼ですが、おいくつですか？」

「四十二歳です」

「気を悪くされないでくださいね、先生。これは出会った全員に聞いているのですが、昨夜から今朝まで、どこで何をしていましたか？」

「昨日は非番でした」

後藤は平静な顔で告げる。

「家にいて休んでいたので、特にアリバイなどは証明できません。僕は一人暮らしなもので」

「ありがとうございます。ところで、春樹くんの主治医とお聞きしましたが、昔から面識があるのですか？」

　野沢が手帳を開いてメモを取り始める。

「ええ、十燈荘にも個人病院はありますが、小児科はないので……。それに、冬加ちゃんと春樹くんは、昔アトピーがひどくて、かかりつけ医からの紹介状でうちの病院に来たんですよ」

「そうでしたか」

「廊下の椅子に座って、診察が終わった後は、姉弟で仲良くリンゴジュースを飲んでいましたね」

　そう後藤が懐かしむ顔を作る。

「僕には子どもがいませんから、まるでどこか自分の子のように思ってきましたよ。実はね、僕と春樹くんの父親の秋吉航季とは藤高校の同級生なんですよ。それぞれ別の大学に行きましたけどね」

「なるほど、同級生。では今も親交がおありだったのですか」

「まあ時々、家に呼んでくれたりもしたので。夏頃に家の庭でバーベキューをしたのが最後だったかな」

　後藤は椅子に座って話し始めた。

「秋吉家でバーベキューですか」

「ええ、自慢の家でしたからね。十燈荘に家を持つなんて、そうできることじゃあないです。銀行勤務で家族のために必死に工面したのでしょうが、本当のところは、ＤＩＹした家具や部屋を自慢したかったんでしょう。説明する時のあいつは子どものような顔をしていました」

　後藤は寂しそうにそう過去を振り返る。

「その夏頃のバーベキューには、誰が来ていましたか」

「いえ、そのときは僕だけですね。何度か開催しているようで、別の日には別の人を呼んだんじゃないかな？」

「そこまで仲が良いとなると、秋吉家の内情には詳しくていらっしゃる」

「いや、そう言われましても。今回の件の犯人なら、まるで心当たりがありません。あのバーベキューは、とても楽しい時間でした。それが最後になるなんて信じられませんよ。春樹くんが救急で運ばれてきて処置にあたっていましたから、事件の詳細をニュースで知ったのは昼頃で、なんてひどいことが起きたのだと」

「その時から今まで、春樹くんは意識がないのですね」

「ええそうです。ただ……」

「ただ？」

　野沢は聞き返す。

「単なる呻き声だったのかもしれませんが、一度だけ、ハウス、と聞こえたような……」

「ｈｏｕｓｅ、家、ですか」

「わかりませんが、彼の家はもうなくなってしまったも同然で、考えるだけで辛いことです。目が覚めたとして、どう話をしたら良いのか。体も弱っていますが、精神的にも相当なショックのはずです。自分を除く家族の全員が殺されているなんて、生き残れても地獄でしょう。あんなに仲の良かった家族が、なんでこんなことになるのでしょうか」

後藤は両手を震わせうなだれるように言う。

「先生、お辛いでしょう。こんな時に申し訳ないのですが、もう少しお話を聞かせていただいても？」

「ええ、構いませんよ。僕も、犯人を絶対に許しませんから」

そう言って、後藤は首にかけていた聴診器を下ろし、野沢に椅子を勧めた。野沢は軽く頭を下げて隣同士で座る。

「実は、捜査対象になっていることがありましてね。先生が秋吉航季さんの過去のご友人だというなら、ぜひお伺いしたいことがあります」

「はい、お答えできることでしたら」

「ありがとうございます。秋吉さんは、六年前に突然、十燈荘に戻ってきましたよね。それは、自分の育った町で家族と暮らしたいという思いがあったと聞いています。しかし、それほどの郷土愛がありながら、なぜ一度東京に出たのかという点が気になるのです。十燈荘は、なにせ人気ですからね」

「ええ、そうですよね。本当に十燈荘も藤湖も、地元住民に愛されていると思います。航季も十燈荘が大好きでした。自然も町も人も。中学生の頃は、よく藤湖の周りで、平たい石を拾っては水切りをして遊びましたよ。漠然と、自分達は一生ここで暮らすんだろうと思っていました。でも高校に上がった頃です。ある事件が起こって、その夢は叶いませんでした」

「どういうことですか？」

聞き返す野沢に、後藤は声を潜めた。

「刑事さん。さっき犯人に心当たりはないと言ったのですが、今、昔のことを聞かれて、もしかしたらと思い出したことがあります……。僕の身も危険になるかもしれませんが、犯人逮捕に協力できるかもしれません」

野沢はその声音と内容に一瞬驚いたが、「無闇に口外しません」とすぐに誓いを立てた。

「わかりました。お話しします。実は、航季が十燈荘を出たのは逃げるためでした。ストーカーに遭ったんです。それで仕方なく東京の大学に進学したんです。県内の大学だって、受かっていたんですよ」

「となると、昔、航季さんはストーカーの被害者だったと。高校生の頃でしたら、二十五年くらい前ですか？」

「はい。そのくらい前ですね。高校一年生から、それは始まりました。僕と、秋吉航季、そしてその女性は昔から仲の良い友人同士でした。しかし彼女はある時から、航季に対して異常な好意と執着を見せ始めました。他の女性と話すだけでその子に嫌がらせをしたり、航季と仲の良い女の子には度を超えたいじめを行っていたんですよ。しかも、自分は表に出ずいじめの糸を裏で引く首謀者という形で。まるで操られるように、みんなが彼女の言うことを聞いてしまっていた。これでは航季はたまりませんよ。跡をつけられ、十燈荘の自宅まで来て待ち伏せもされてたんですよ。メールも毎日で、その異常性は目に余るものでした」

いやそれはひどいですね、と野沢は冷静に頷いた。そして親身になるような声音で後藤に問いかける。

「彼女がそうなったきっかけは、何かあったんですか？」

「高校一年の時、彼女に絡んできた男子生徒がいて、航季はそれを咎めて彼女を助けたんです。これは街でたまたま見かけての偶然だったみたいですが、それを彼女は運命的だと勘違いしたみたいですね」

「なるほど。そこから好意が生まれたと。では、航季さんの両親はどういう反応だったのですか？」

「いえ、それは相談してなかったみたいです。あいつ、気が良い奴でしたから。もう友達と思えなくなったとしても、彼女をストーカーと言いたくなかったんでしょう。ただ、近くで見ていた僕は、ただならぬ危険を感じていました」

「十燈荘の秋吉家まで、彼女は押しかけたのでは？」

「そうなんですが、女子高生ですから、危険視なんてされません」

「確かに。しかし、十燈荘は昔も排他的だったはずです。藤市からは随分遠い。よそ者の彼女がウロウロしていて、誰にも咎められなかったんでしょうか？　誰か、彼女の親戚や知人が十燈荘にいたという話はありませんか？」

「ええと、僕は藤市民なのでそのあたりはよく知りません」

後藤は首を振った。野沢は頷いて、続きを話し出す。

「彼女は藤市民で、あなたもそうだった。藤中学校で知り合ったということでしょうか？」

「ええ、そうです。航季と僕と彼女と、帰り道が途中まで同じで。航季は自転車通学でしたが、途中までは自転車を引いて歩いて一緒に帰っていました」

「あなたにとっても彼女は友達だったんですね。それであなたは、警告とか何かをしたりしましたか？」

「いえ……自分が狙われるのが恐くて、航季の相談に乗るだけで、ほとんど何もしませんでした。実は、航季が彼女を助けたとき、絡んできた男子生徒は、その後自殺しているんです。他の高校の生徒だったんですが、屋上から飛び降りて……」

「それは、偶然ではなく？」

「わかりません。でも、その当時の僕は、恐くなってしまったんです。それで航季には言わずに警察に相談もしたんですが、当時の警察は未成年の女性がつきまとってきていることに事件性はないと言って、まともに取り合ってくれませんでした」

「そうでしたか、それは申し訳ない」

野沢は複雑な表情で謝罪する。

「いや、わかるんですよ。女性を狙う男性のストーカーならまだしも、男性が若い女性にストーカーされるというのは、イメージしづらいですし。僕も、あの異常性を上手く説明できなかったんです。それでも、証拠があれば違うかもと警察に言われて、僕は証拠を押さえようと思いました。でも、僕の動きは全てバレていて、彼女は僕の前に立って、顔色ひとつ変えずにこう言ったんです。お前はどっちだ、と」

野沢はより細くなった声を聴き逃さないように、低く重心を落として後藤の語りに聞き入った。

「僕はその言葉を言われた時に、あの自殺した高校生のことを思い出しました。敵か味方かどっちだ、と。彼女の敵に回れば、ああなるんじゃないかって」

「どういう意味ですか？」

「彼は自殺ではなく殺された。つきまとっていたのは彼ではなく、彼女の方だったんじゃないかと。もしくは、あえてつきまとわせて、航季に助けさせたんじゃないかと。突飛な想像かもしれませんが、そう考えれば整理がつきました。そして当時の僕は、その恐怖から逃げてしまった。彼女の黒い目が忘れられなかった。それからなんとなく航季とも疎遠になっていって、高三の受験が終わった後、航季は逃げるように藤市を出て行きました」

経緯はわかりました、と野沢は頷く。

「そして航季さんは東京で夏美さんと出会い結婚、子どもも生まれた」

「ええ、それは本当に良かったです」

「でも、六年前に突如として帰ってきたのは？」

「多分、もう大丈夫だろうと思ったんじゃないでしょうか？　僕にも連絡をくれましたよ。最初はまあ気まずかったのですが、二十年ぶりくらいなのに、あいつはあいつのままでした。何も聞かずに笑って、久しぶりだなと言ってくれて」

夢だった医者になったな。友達として誇りに思うよ。

そう秋吉航季は旧友に告げたのだという。

「僕はその言葉に心の底から震えましたね。あの日のことは昨日のことのように覚えています」

身震いしながら後藤は最後まで言い切った。

「そうでしたか、そんなことが。……聞かせていただきありがとうございます」

野沢は、自分も目頭が熱くなるのを感じた。それを押さえてから、最後の質問を投げる。

「その女性が、秋吉家を惨殺した可能性があるということですね」

「もちろん、可能性があるというだけです。過去とのこじつけで証拠なんてありません。ですが、かつて人を殺していたかもしれない人間です。十分あり得る話でしょう」

僕は後悔しています、と後藤は少し声を張り上げた。

「もしそうなら……二十五年前の僕にもう少し勇気があれば……警察にもっと強く訴えていれば、何か違ったのかなって。僕にとって唯一の親友だったのに、航季とその家族を失うなんて……」

野沢は後藤の肩に手を乗せる。

「わかります。辛いことです」

「……ありがとうございます」

「後藤さん。その女性は今も藤市に住んでいるのですか？」

「住居はおそらく藤市でしょう。でも、勤務先は十燈荘です」

「えっ」

思わず野沢は声を上げた。

「十燈荘にいるんですか？」

「ええ、そうです。彼女は僕と同じで医者になりました。名前は間宮成美。今は十燈荘の外れにあるクリニック間宮の院長をやっています」

「クリニック間宮……」

もちろん野沢にとっては知っている名前だ。驚きを隠せず、冷や汗が出てくる。

「ええ、表向きはごく普通の病院です。内科、外科、心療内科をやっていますね。ですが、十燈荘の富裕層相手でしょう？　豪華な建物を建てて、不可解なカウンセリングや診察、認可されているかも疑わしい薬品の処方もやっているという噂です。特に証拠はないので、これは悪口と言われるかもしれませんが……」

「詳しくないのですが、十燈荘の医師として選ばれたのなら、実績があるということですか？」

「ええ、経歴は綺麗なものです。僕は過去のことがあるのでずっと怪しんでいましたが、もう間宮は心理学や精神医療の分野において権威ある医師にまでなっています。航季も移住前に彼女の開院は知っていたようなんですが、地位を築いた今なら既婚者の自分なんかにこだわったりしないだろうと思っていたようでした。実際、移住してから今まで何も起きていませんからね」

そう言って後藤はスマホの画面を野沢に見せた。そこには間宮が発表した論文や取材記事、対談動画などが並んでいる。野沢はそのいくつかの論文のタイトルに目をやってから訊ねる。

「主に心理学の権威のようですね。ということは、人の心を誘導したり、巧みに操ったり……っまりはマインドコントロールのようなこともできるということでしょうか」

「心療内科は、そういうことを学ぶところじゃないんですが。でもそもそも彼女は医大に入る前から、周りを操ることができていたように思います。これは理屈で言えば、ですが、たとえば憎しみや強い怒りを持つ人間は行動に方向性をつけやすいです。自分に心酔させれば、殺人教唆を行うこともできるでしょう。また、まっすぐな正義感や失うものがない人間も動かしやすいと考えられます。実際にできるかどうかは、心理学というより、個人の才能の域だと僕は思いますが」

野沢はここまでの話をメモしてからため息をついた。

「有意義なお話でした。ありがとうございます。その間宮という女性と最後に会ったのはいつですか？」

「あ、いや……」

これまで流暢に話していた後藤は途端に口ごもった。

「なんだか、彼女のことは思い出したくなくて、昔のことですし覚えていないんです」

「そうですか。では、改めて事実関係を調査してみます。もう一つ、秋吉航季さんの遺体の腹部には、昨日今日のものではない刺し傷の跡がありました。これが、高校時代にストーカーされて負った傷、という可能性はありますか？」

「いえ……それは知りません」

「あなたが知らない情報ということですね」

後藤は頷いた後、野沢に真剣な表情を向ける。

「刑事さん、お願いします。航季の、いや、みんなの無念を晴らしてください。僕は犯人が憎いです。春樹くんが助かったとしても、悔しくて……」

「お気持ちはお察しします。ですがくれぐれも下手なことはせず、事件の捜査は警察にお任せください。今はとにかく春樹くんが意識を取り戻すことを祈りましょう」

後藤は唾をごくりと飲み込み、歯を食いしばるように告げる。

「野沢さん、もし犯人が僕の前に現れたら、僕は殺してやりたいです」

その言葉を聞いた野沢は、手帳をぱたんと閉じて席を立った。

十二

午後八時二十分、笹井は藤公園から県警本部へと戻ってきた。各課で秋吉一家殺人事件の調査が進んでいる。

笹井が目を丸くしながら捜査員の一人に話しかけた。

「これって確かなんですか？」

「そうだよ。この『じゅっとう通信』って掲示板には色々悪口が書かれてたけど、それが秋吉夏美を揶揄するものだったって証拠がこれ」

印刷された紙には、秋吉夏美の写真や名前、行動範囲などの個人情報が大量に記載されている。

「十燈荘エステートが管理会社ですよね。これを放置してたのか……」

「まあ、面倒事を避けたかったんじゃないの？　地域住民しか見てない場所だから、通報がなければわからないよ」

「これ、投稿した人は誰ですか？」

「個人は特定できないけど、ＩＰから住所は出てるよ。もう他の捜査員にも共有した」

「この住所、十燈荘のクリニック間宮ですよ……」

笹井は大きくため息をついた。先程会ったばかりの人物だ。医者にしては妖艶な雰囲気で、とても夏美のような普通の女性に嫌がらせを行うようには見えなかった。もちろんクリニックに勤務している他の人間がやったことも考えられるが、一連の投稿時刻から考えて、スタッフがこんな夜間に病院に残っていたとは考えづらい。

「まさかあの人が秋吉夏美さんに嫌がらせをしていたんですか。でも、この二人にどんな繋がりがあるのか……」

投稿されていた内容は、秋吉夏美がスーパーで冷凍食品を買い込んでいる写真や、自分で作ったかのように載せていた料理の写真などであった。

「料理好きをアピールしていた夏美さんは、実は料理なんてしていなかった。これはもう明白です。でもこの事実をなぜ間宮成美が知っているのか。しかもこんな嫌がらせ、何の目的で」

一人で呟く笹井に分析官が声をかける。

「他に聞きたいことは？」

「あ、では、この藤ゴルフクラブから入手したゴルフボールの購入者のリストも調べてもらえますか？　事件に何らかの関わりのある人間がいる可能性がありますので」

「わかりました。ちょっと時間をもらいますね。結果が出たら全員に共有します」

「ありがとうございます。資料を見ると、名前が挙がってきた人で、確かなアリバイがある人っていないですよね」

笹井の呟きに捜査員が頷く。

未だ、犯人を特定できる情報は捜査本部に入っていない。間宮に不審な情報が出てきたが、それだけでは犯人とは言い難い。

第一発見者の堀田、夏美に嫌がらせをしていた間宮、十燈荘の管理をしているという十燈荘エステート社長の吉田やその社員達、航季の移住に関与した営業の前川、冬加の友人の石山と公園周辺に出るというストーカー。

この中に犯人がいるのか、深瀬はどう思っているのか。笹井にはまだ見当もつかない。その時、笹井のスマートフォンに着信があった。野沢からだった。そそくさと廊下に出て通話を受ける。

「笹井、とんでもないことがわかったぞ。お前にも知らせてやろうと思ってな」

「野沢さん。今どちらですか？」

「藤市民病院だ」

「春樹くんの入院先ですね。意識が戻ったんですか？」

「いや、それじゃない」

「勿体ぶらずに教えてください」

「情報は二つ。医者が言うには、秋吉春樹は処置中に『ｈｏｕｓｅ』と呟いていたらしい。例のゲームのＩＤだよな」

「ええ……でもさっき資料を見直した限りでは、それが誰かはまだわからないんです。もう一つの情報は？」

「それが、秋吉春樹を治療した後藤晶という医師が、もともと秋吉一家の主治医だったんだよ。しかも父親の秋吉航季とは旧知の仲で、今も秋吉家全員と交流があったと」

「それは、新しい情報ですね。その人のアリバイは？」

「確かなものはないな。一人暮らしと聞いた。写真も確保したからあとで共有しておく。それから、秋吉航季が大学進学を機に藤市を飛び出した理由は、ストーカーに遭ったからという話を聞けた」

「それ！　僕も、深瀬さんから調べろと言われてたんですよ。リノックスの前川って人に聞くつもりだったんですが。ちょうど今から行くつもりで」

「その前川よりは、後藤の方が情報としては正しそうだから、優先度は下がったな。おそらく前川は知らないだろう。秋吉航季がそんな事情をリノベ会社の営業に話したとは思えない。でも、笹井、ここからがもっと驚くぞ」

「何ですか？」

興奮した様子の野沢に、笹井は続きを促した。

「秋吉航季をストーカーしていた女っていうのが、俺がお前に行けと言った、クリニック間宮の院長だった」

「間宮成美ですか」

「ん？　なんだその反応は」

「いや、実は、いま間宮が怪しいという情報が出たところだったんですよ。秋吉夏美に『じゅっとう通信』というネット掲示板で嫌がらせをしていたアカウントのＩＰが、クリニック間宮のものだったんです」

「それは、かなり濃いセンだな……いよいよ黒に近いやつが見つかったか。任意同行をかけられるかも」

「ええ、野沢さんの話を聞いて繋がりが見えました。間宮成美は秋吉航季のストーカーだった。つまり秋吉夏美は恋敵、邪魔な存在です。それで夏美のことを調べ始め、生活を偽っていたことを突き止めて晒していたということでしょう。でも、彼女一人で家族三人を殺せるでしょうか？　深瀬さんは、女性が犯人だった場合は複数犯の可能性が高いと」

「現場の資料は見たが、あれは女一人では物理的に無理だろうな。ただ、後藤医師の話では、かなりイカれた奴のようでな。他の捜査員とも間宮成美の過去をこれから洗っていこうと思う。お前は会って会話したんだろう？　どうだった？」

「いや、僕は深瀬さんの話ばかり聞いてしまって、捜査はあまり深くやってなかったんですよ……」

「そりゃ悪かった。でもアリバイくらいは聞いたんだろう」

「ええ、ないも同然でしたが……。野沢さん、そもそもなんであそこに行けと俺に言ったんですか」

「そりゃ、笹井。お前への警告だよ。今となっては、この話は疑惑から確信に変わった。やはり深瀬さんは危険だ」

「危険って……」

笹井は呆然と呟く。

「そもそも、刑事が心療内科に通っているなんてことがバレたら、深瀬さんは捜査現場からは追いやられる。窓際部署が良いところだ。今だって、捜査中の言動に大いに問題ありだからな」

「まあ、それはそうだと僕も思ったんですが」

深瀬の現場での振る舞いは、警察官として相応しいものではなかった。有能ながらも逸脱している。木嶋課長や大中管理官が深瀬を左遷しようと思ったらできてしまうだろう。

「笹井、俺だって信じていたんだよ。鳥谷さんの件で、理由はどうあれ深瀬さんは仲間の仇を討ち、静岡県警の面子を守ったんだ。英雄だと思う。何もあの人を売るつもりはない。だが俺は、深瀬さんが心療内科に通っていることを偶然知ってしまった。そりゃ勿論、相棒が四人も死んだんだ。精神的に不安定になるのは当たり前だ。それでも、成果を上げ続けてきたあの人を信じていた。でも、今回は違うかもしれないと思った。だから、何も知らないお前に、クリニック間宮で確かめてほしかったのさ」

「ええ、色々話は聞けました。常識では考えられないことも」

「後藤の話を聞くに、間宮という女は高校生当時から、人の行動を操れるようなところがあったらしい。しかも、あの排他的な十燈荘に出入りし、秋吉航季の自宅前で本人を待ち構えていたこともあるそうだ」

「それなら……十燈荘内に協力者がいるって可能性もありますよね。それで、共謀して秋吉一家を殺害……」

「ありうる。しかしいま俺が言いたいのはそれじゃないんだ。深瀬さんは、その間宮って女にコントロールされているんじゃないか？」

「それは……わかりません。彼女と話しているとき独特の緊張感は感じました。まっすぐ目を見ていたら、気持ちを持っていかれそうな」

「おいおい、お前まで取り込まれるなよ」

「うーん、でも僕と違って深瀬さんは我が強いですよ。そんな簡単に、人の言うことを聞いて動くかなあ」

「はは、それはあるかもしれない。お前は信じているんだな、深瀬さんを」

「野沢さんは？」

「……俺は、今はわからない」

電話口の声は、少し揺れているように笹井には感じられた。

「俺は刑事だ。きちんと上に報告する。だから、深瀬さんが通院しているクリニックの院長が事件の需要参考人の可能性があると、木嶋さんに伝えるつもりだ。だが、もう少し待つよ。お前が、深瀬さんの謎を解いてくれることを祈ってな」

「本当ですか」

「俺が報告すれば、事実関係を確認された後、深瀬さんも正式な調査を受けるかもしれない。場合によっては対処が行われる」

「そんなの、おかしいですよ。今一番大切なのは犯人逮捕のはずです！」

叫び声が廊下に響き、笹井は慌てて声を潜めた。スマホから野沢の声が流れ出す。

「その通り。深瀬さんの洞察眼や推理力は化け物だ。俺も頼りにしたい。俺は俺で捜査を続けるから、お前も思った通りに動け。ただ、秋吉春樹が意識を取り戻す可能性は絶望的だそうだ。奇跡があっても脳には障害が残るだろうと。だから彼から事情を訊くことは無理に等しい。もう有効な手立てはそんなに多くないぞ」

「わかりました。それと、まだ藤市全域に包囲網は張られていないんですが、これじゃあ犯人に逃げられる可能性があります」

「そうだな。この藤市に今も殺人鬼は野放しだ。木嶋さんは、明朝には静岡県全域に包囲網を張ると意気込んでたぞ」

「遅くないですか？」

「数百箇所に検問を設置し、数百人規模の捜査員を出動させるには準備が要るんだよ。明日には、犯人を静岡県内に閉じ込められる。今からでも無駄じゃない」

野沢の言葉に笹井は納得しかけたが、まだ何か引っかかるものを感じていた。

「この件、深瀬さんはすぐにやれと指示してるんですよ」

「上はそう易々と判断できないってことだ。十燈荘の住民の混乱や、藤湖周辺の観光客の減少を心配している。あの土地には有力者が多く住んでいるからな」

それが理由だったのか、と笹井はため息をついた。大物の警察OBだって十燈荘には住んでいるんだろう。彼らの生活を邪魔して叱責されることを、県警自体が恐れているのだ。

「こんな時にくだらない。人の命がかかっているんですよ」

「まあな。……もう二十時を回ったか。お前はどうする？　リノックスの前川のところに行く意味はなさそうだが」

「深瀬さんと合流したいです。でも、スマホの電源切ってるんですよ、あの人」

「はは、やりそうだ。じゃあ殺害現場に行ってみると良い、秋吉家に。何があっても深瀬さんは必ず現場に戻る。急げよ。俺が木嶋さんに報告する前に、犯人を挙げろ」

そう言って野沢は通話を切った。

十三

午後八時二十分。深瀬は藤湖トンネルを通り抜け、十燈荘エステートの小さなビルに再びたどり着いた。ビルの一階にはまだ灯りが点いている。チャイムを鳴らすと、昼間に会った眼鏡の社長が顔を出した。

「これは、刑事さん。何かありましたか」

「少々話が聞きたい。他の社員は？」
「今日はもう帰りました」
社長は額をかきつつため息をついた。
「仕事はいっぱいあるんですが、あんなことがあった日ですからね。今日は人が出払っていると
いうことにして、夜間営業はナシにしましたよ。あと、さっきも、他の刑事さんが来て資料を
持ってったりＩＰだか何だかを調べていったんで、もう終わりかと思ったんですが……」
「別件だ」
応接ソファに案内された深瀬は、そこに深く腰をかける。窓の外は暗く、コートも脱がずに蛍
光灯の光の下に俯いて座る深瀬は、まさに死神のような外見だった。
「十燈荘の内外で、何人かに会った。皆、何かを隠しているように思う」
愛想を捨てた話の切り出し方に、社長はビクッと肩を震わせた。目線で促され、渋々と正面に
座る。
「調べていくと、十燈荘は華やかな高級住宅地という表の顔の他に、随分ドロドロとした裏の顔
を持っていることがわかった。住民を選別し、住民内でも見下しや嘲《あざけ》りがある。現に、秋吉夏美
は中傷されていた」
「うちがやったんじゃありませんよ！」
「それはわかっています。だが、あなたはわかっていて放置していたのでは？」
「……そりゃ、前にも言いましたけど、うちは下働きなんです。金は全部ここの住民が出してる。

逆らえないですよ」

「それであなたは、いやこの会社は『じゅっとう通信』での諍《いさか》いを放置した。だったらそれ以外にも、何か見て見ない振りをしているのでは？　と思われて当然です。……これは今回の件とは関係ない私的な調査なのですが、ここ十燈荘では三十年前も行方不明者が出ていますね。しかし、捜索届も出されず、その人物の遺体はおろか消息さえわからない」

「……はあ。それが？」

「それだけじゃない。五十年前にもそんな噂があった。これは噂で事実確認が取れない話ですが。そして十六年前の殺人事件の際も、警察が入ってくるのを極端に嫌がった。まあ、最後の殺人が藤市内で起こって、しかも刑事が犠牲になったことで県警全体が激怒して何十人もの警察官が十燈荘に入り込むことになったわけですが」

「あのときのことは、覚えていますよ。うちはまだ植木屋だったんですが、色々聞かれました。でも、関係ないですからね？」

「十六年前、犯人の高倉は十燈荘に出入りしている。ここがホームグラウンドのあなたは、高倉を見たことがあったのでは？」

「ありませんって。うちは真面目に社員を雇ってますし、怪しい人間は入れません。商売の基本です！」

急に怒り出した吉田に、深瀬は冷静に話しかける。

「この会社は疑わしくない、私もそう思います。社員全員を捜査本部が洗いました。アリバイは完璧とは言えないが、それぞれの人物評価は犯罪からはほど遠い。十六年前の犯人高倉は、いわゆる不良で、そういう人物がこの会社に関わっているとは思えない」

「……そりゃ、ありがとうございます」

だが、と深瀬は続けた。

「今の言いようだと、あなたの会社以外は、あまり信用できないということになるのでは？　この十燈荘でサービスを行っている店舗は少ない。特に、あらゆるサービスを提供する十燈荘エステートができてからは、他の店は撤退して、残っているのは二つだけ。クリニック間宮と藤フラワーガーデンです」

ええ、と吉田は頷く。

「そして、クリニック間宮の開業は二〇一〇年。十燈荘妊婦連続殺人事件よりも後だから、高倉と関係あるはずがない。残るは……」

「藤フラワーガーデンの堀田さんの家ですよね」

吉田は大きくため息をついた。

「あそこのまひるちゃんとは、良い付き合いをさせてもらってますよ。ただ、その前のまひるちゃんの母親とうちは、あんまり良い関係ではなかったんです」

「堀田まひるは、三年前から母が入退院を繰り返していると言っていましたが」

「ええそうです。その前はね、堀田さんは結構情が厚いというかおせっかいというか、結構色んな人を店の奥の居間に招いては、お喋りをしていましたよ。困っている人を見てほっとけないんだとか」

「その話は初めて聞きますね。私も昔、その店長とは話をしましたが、普通の女性という印象でした」

「堀田ゆうこさんですよね。あの人、もう八十近くになると思います。まひるちゃんは遅くにできた一人娘で、二歳になる頃に旦那さんも亡くなりましてね。まあ、困っているだろうと頼まれたことはやって来ましたが」

「仲が悪いというのは？」

「いや、売上げとかそういう……。会社として競合するわけですから、まあ色々ありますよ。あそこだって、花だけ売っているわけじゃありません。買い出しとか御用聞きとして十燈荘内で細々と仕事をして、結構な金額をもらっていたみたいです。噂ですが、セレブの奥様の相談に乗って十万円とか」

「堀田まひるが？」

「いや、まひるちゃんはそんなことしませんよ。彼女の代になってからは花屋一本で頑張ってます。でもゆうこさんはねえ」

そう言って吉田は眉を顰める。

「色んな家の事情に首を突っ込んで、それで案外解決しちゃうもんですから、入れ込んでいる住人も多かったですよ。ゆうこさんに聞けば安心だ、とか。ここには自治会長はいなかったんですが、あの人がボケる前は、彼女が君臨してたみたいなもんだったんですよ。だから、うちは随分肩身の狭い思いを社員にさせましてねえ」

先程この話をしなかったのは、社員に聞かせたくない話だったかららしい。吉田は愚痴を吐き出していく。

「その、昔行方不明になった人がいるって噂も、私は知ってますよ。でも、ゆうこさんがなんとかしたらしいと」

「なんとか、というのは？」

「……いや、噂です噂。でも、十燈荘は当時から車移動が普通で、車で運んで、庭の裏手にでも埋めることはできるんじゃないかなあと。しかも、手助けしてくれる人は、ゆうこさんなら集められそうで」

「十燈荘内にシンパがいると？」

「さっき言われた高倉みたいな、そういう外の連中も、ゆうこさんは家に入れてたんですよ。どうやらストーカーみたいな女の子を匿ってたとか、そういう話もあってね。でも全部噂で、証拠がないんですよ。見かけない誰かが十燈荘にいても、うちのアルバイトだってゆうこさんに言われればそれまでですからね」

「昔、秋吉航季さんがストーカーに遭ったと聞いていますが」

深瀬がそう告げると、吉田は驚いた表情を作る。

「それは初めて聞きました。なにせ、植木屋の家業を継いだのは三十の時ですから、秋吉さんが昔この辺に住んでたときのことは知らないんですよ。噂は、仕事を始めてから聞くようになったわけで。親にも色々、あの家には気をつけろとか、あっちの家はどこそこと仲が悪いとか、教えてもらいましたが」

「なるほど。あなたは藤フラワーガーデンの昔の店長が怪しいと思っていると」

「いや、ゆうこさんは今入院中って聞いてますから、今回の件には関係ないと思いますよ。昔の事件なら、わかりませんが」

「十六年前の、十燈荘妊婦連続殺人事件。及びその前の不穏な事件は、ということですか」

ふう、と深瀬は大きな息を吐いた。ここに来て、今まで聞いたことのない情報を耳にしたからだ。深瀬は十燈荘内でも聞き込みをしてきたが、堀田ゆうこの悪い噂は聞いたことがない。排他的なこの町で、刑事相手では誰も話したがらなかったということか。

深瀬はかつても十燈荘内で色々な人物と会話した。堀田ゆうこ、まひる、吉田静男とも話をしていたのだ。しかしあの時はこんな話は引き出せなかった。時間が経つことによって現れる真実もあるのだと実感する。

吉田と別れてビルを出ると、藤湖の湖面が月明かりを反射して光っていた。

「……これもこの土地の魔力なのか？　十六年前は聞き出せなかった、堀田まひるの母、堀田ゆうこに関する情報が出てきた。もしかしたら、高倉や間宮の十燈荘への出入りを助けていたかもしれない。しかし仮にそうだとして、堀田ゆうこの目的がわからない」

深瀬の呟きには、当然誰の声も返らなかった。

十四

午後九時を過ぎた頃。秋吉家周辺には未だ警備のための警察官が立っている。彼らを一瞥した深瀬は、規制線をくぐり玄関から中に入った。犯人は現場に戻るというが、本当に戻ってくる人間は多くはない。特に今の時代はネットで現地の状況を把握しやすくなったこともあるのだろう。

少数の野次馬や報道関係者もいなくなる時間帯だ。薄暗くなった周囲から、風で木々が揺れる音と虫の鳴き声が聞こえてきた。深瀬は秋吉家に入るなり、手慣れた様子で全てのドアや窓を締め切っていく。俯きながら誰もいない家で深瀬は呟いた。

「考えの整理に時間がかかった。理解しているだろうが、この殺人事件は思ったよりも複雑だ。単純な物取りでも痴情のもつれや怨恨でもない。人間の虚偽や見栄、プライドが事を複雑にしている」

誰もいない家は不気味なほど静まり返っていた。深瀬は独り言のように話を続ける。死の臭いが漂う居間を見渡しながら。

「まず、この事件を複雑にさせたのは殺害方法と現場の状況だ。ここに明らかな意味合いを持たせ、緻密に計算された頭脳犯の仕業と警察に思わせたかったのだろう。だが俺はまったく別の予想をしている。犯人は突発的にこの事件を起こしたという説だ」

秋吉家は違和感の塊だ、と深瀬は語る。

「母親は料理が好きだったと偽っていたからキッチンで殺された。父親もゴルフが好きだと偽ったからゴルフボールで殺された。娘はヴァイオリンが好きだと偽り、ヴァイオリンの弦で縛られて発見された。溺死なのは猟奇的だと思わせるためだろう。単なる絞殺では他の二人とバランスが取れない」

そして、と言葉が続く。

「息子の春樹については、勉強が好きというのが偽りで、本当に好きだったゲームの配線で首を絞められた。何が言いたいかわかるか」

深瀬はリビングの端にある柱に寄りかかると天井を見上げた。

「家族全員が偽った趣味に関連して殺されている。しかし何故か春樹は一命を取り留めた。これは殺害方法の理論として俺には違和感がある。つまり俺はこう仮説を立てた。犯人は二人いるかもしれない。そもそも犯人は、初めから家族全員を殺す計画ではなかったかもしれない」

偽証が多いのも問題だ、と深瀬は語る。

「捜査中に出会った人物の多くは嘘をついていた。おそらく母親の夏美の嫌がらせには、クリニック間宮の間宮成美が絡んでいる。それだけじゃない。あのネット掲示板にある個人的な写真の中にバーベキューで撮った写真と思われるものがあったし、家の中の状況まで記載してあった。あの写真を撮り得る人間は限られる。バーベキューなどで呼ばれ、秋吉家に来たことがある人間だけだ。つまり堀田まひる、石山香織、前川隆史、後藤晶は疑わしい」

静かな家の中で、リビングの時計だけがカチカチと時を刻んでいく。

「十燈荘エステートの吉田は、堀田まひるの母、堀田ゆうこが十燈荘のトラブルを長年解決してきたと証言した。これもどこまで正しいかわからないが、自治会長がいないのに住民がまとまっていた理由としては納得できる。そして、謎の人物ｈｏｕｓｅの正体……この事件は一つ一つに気を取られれば足を掬われる。お前も俯瞰して見ることで見えるものが――」

「深瀬さん、誰と話しているんですか」

そのとき、玄関から入ってきた笹井が息を切らせながら訊いた。深瀬は扉を閉めただけで鍵を閉めなかった己に舌打ちする。

「独り言だ。邪魔をするな」

「そんなわけないですよね、本当に、誰かと話していたのでは？」

笹井は間宮から聞いた、深瀬と家との対話について匂わせた。その深瀬は鋭い眼光で笹井を睨む。

「深瀬さん、間宮が怪しいという情報はもう持っているんですよね。僕はその疑いが出る前に、間宮成美と話しています。そのとき、深瀬さんの身に起きている特異な症状や、鳥谷さんの忌まわしい事件の犯人を逮捕した時のことを聞きました」

深瀬は黙って笹井の言葉を待っている。

「鳥谷さんを殺害した犯人の捜査の時も、そうやって何かと話して対象を見つけたんですか？そんなわけないですよね？　こんなやり方が本部に知られたら、深瀬さんはもう現場に入れなくなりますよ。薬物使用や精神状態を疑われて休職になるかもしれません」

憂鬱そうに深瀬は瞬きし、肯定した。

「そうだ」

「はい？」笹井は思わず声を裏返した。

「お前が聞いた通りだよ。俺には時々、頭の中で声が聞こえる。その現象を多角的に把握する中で、俺はそれは家の声だと断定した。厳密に言えば、脳内で何かが語りかけてくるという方が近いが」

「冗談ですよね。そんな非論理的なものを頼りに捜査をしていたんですか」

「ヒントやきっかけを得たことはある。だがこれはよくあることじゃないか？　ふとした思いつきや、ひらめき、直感も、物事を察して思考する人間が本来持っている鋭い感覚の一つだ。あくまでも俺がコントロールし、俺の意思で物事を決定し、捜査をしている。お前にとやかく言われる筋合いなどない」

「もしそれが事実だとしたら、犯人の名前と顔を聞いて、すぐに逮捕できるじゃないですか」

「デリカシーのない奴だ。これは研ぎ澄まされた感覚の話だ。つまり不可解な音や犯人の足跡、血の臭いや空間の異変。そういうものに限定される」

「深瀬さんはその家の異変や感覚を受け取ることができて、犯人を誘き寄せればそれが犯人だと断定できるとでもいうんですか」

「理論上はそうでも逮捕は別だ。警察捜査において物的証拠がなければ逮捕はできない。たとえ犯人が絞られたとしても、それに証拠能力はない。確実な証拠を掴む必要がある。家は生きている。人や家族の暮らしを見守り続け、その愛を受ければ家もまた家族を想う。古来愛された『もの』は意志を持つといわれている。その一つが家だ。特にこの町ではそうだろう。藤湖は愛され、不思議な魅力を持つ。俺にはそれが感じられないし理解不能だが、そう感じている住民達まで否定する気はない」

「柄にもないことを言うのですね」

「俺の立場になってみれば、誰でもそう思うようになる。ところで何の用だ？」

「深瀬さんに頼まれていたことがわかったので報告です。電話が繋がりませんでしたので」

「なぜここにいるとわかった？」

「野沢さんから電話があって。その流れで深瀬さんは現場に戻るはずだから行ってみろと。クリニック間宮のことを言ってきたのも野沢さんでした。野沢さん、やけに深瀬さんについて詳しいですよね。何か親しい間柄なのですか」

「また野沢か。あいつは噂好きで困る」

過去にも何かあったような言い回しを深瀬は取った。それと、と笹井は話を変えて続ける。

「ゴルフボールの購入履歴についてはまだ調査中です。航季さんがなぜ高校卒業と同時に藤市を離れたのかについては、話を聞けました」

「そうか、前川が吐いたのか？」

「いえ、野沢さんから聞きました。野沢さんは、重体の春樹くんの入院先である藤市民病院にいるようで、その主治医の後藤晶医師が航季さんと昔からの同級生であったことを知ったようです。その後藤医師が過去の話を語ってくれたそうで」

「それで？」

「理由はストーカーでした。そのストーカーをしている女性が誰か知ったら驚きますよ。クリニック間宮の間宮成美です。深瀬さんが通われている病院の院長ですよ」

笹井は興奮気味にわかった情報を報告する。その後、深瀬は天井を見上げて深くため息をついた。

「あの、もしかして、ご存じだったのですか」

「今回の事件で藤市の出身者は全員が被疑者のようなものだ。リストには入っていた。しかし、過去にストーカーをしていたとは思わなかった。つまり秋吉航季と後藤晶、間宮成美は藤高校の同級生という関係だったわけか」

「ええ、そしてＩＰアドレスですが」

「行くぞ。今のがわかれば筋書きは見えた」

「ええ、ちょっと、どこへ行くんですか。もう九時を回っていますよ。そろそろ捜査を切り上げる頃合いでは？」

「明日まで待てば、その間に犯人が逃げる」

「えっ、深瀬さんはもう誰が犯人かわかったんですか⁉」

深瀬はその声を無視して秋吉家の玄関に向かい、笹井は慌てて後を追った。

十五

「ここで間違いないんですか。僕はてっきりクリニック間宮に向かうのかと」そう笹井が不思議そうな顔を作った。

先程笹井は深瀬の車の助手席に滑り込み、深瀬は仕方なしに車を発進させている。暗くなった藤湖の湖畔では、一つのお店が燈篭のように輝いている。表の札はＣＬＯＳＥと裏返っているが、まだ誰か中にいるようだった。花の匂いが漂ってくる。

「お前は何も喋るな」

深瀬はそう言うと入り口の扉を開ける。からんからん、という音色が鳴った。

「いらっしゃいませ」

「夜分に恐れ入ります。静岡県警の深瀬です」

「また刑事さんですか、深瀬さん以外にも何人もいらっしゃいましたよ。今度はなんでしょう。もう十時前ですよ。とっくに閉店の時間なので手短にお願いします」

堀田が忙しそうにエプロンを外しながら言った。

「ではおっしゃる通り手短に。この女性に見覚えはありますか」

そう言って深瀬は間宮成美の写真を見せた。堀田は首を傾げながら答える。

「いいえ、ありません。お店に来られたこともないかと」

「彼女は十燈荘唯一の病院を経営し、今では精神科医として他県にも名が轟く著名な女性です。

顔くらい見たことはあるのでは？」「いいえ」堀田は首を横に振る。

「では話を変えます。この『じゅっとう通信』の書き込みに見覚えはありませんか？　何者かによって秋吉夏美さんは個人情報を晒され嫌がらせの的になっていた、その証拠です」

「ちょっと待ってください。私がやったとでも言うんですか」

「いいえ、この投稿を実際に行った人間が間宮成美です。ＩＰアドレスはクリニック間宮の場所を指していました」

「だったら私は関係ないですよね」

堀田まひるが食い気味に応える様子を、笹井は黙って見ている。深瀬も畳みかけていく。

「では、この投稿を見てください。これは秋吉家で行われたバーベキューの時の写真です。話を聞く限り、間宮成美は秋吉家との公式な接点はなく、このバーベキューにも参加した事実はない。つまりこの写真を撮り、間宮成美に提供したのは別の人間だということです。そしてこれも気になる投稿でした」

堀田は目を凝らしながら深瀬の見せるスマホに目をやった。深瀬は低い声で読み上げる。

「『料理好きって言ってるのに冷凍食品ばかり使ってる。まじで笑える』。そう書かれています。このあと、実際にスーパーで冷凍食品を買う姿や街での目撃情報を盗撮し投稿しているのは間宮成美でしょう。しかし冷凍食品という情報を出した……最初に狼煙を上げたのは堀田まひるさん、あなたですね」

「何を言っているんですか」

「こちらは一つ一つの書き込みを調べています。その中で、間宮成美とは思えない書き込みがあったのです。ＩＰで裏を取りました。我々は警察です。確実な証拠がなければ足を運んで無意味に追及などできない。ですから、覚悟して答えてくださいね。嘘をつくと、あなたの立場は不利になります」

その言葉に堀田まひるが青ざめる。

「あなたは『じゅっとう通信』上で頻繁に間宮と連絡を取っていたのではないですか。といっても、県警で調べた限り、あなたも間宮成美もメッセージボックスは空でした」

「じゃあ関係ないですよ、ね？」

「しかし、『じゅっとう通信』は回覧板の役割も持っています。メッセージの送受信がまったくないというのはおかしくありませんか？」

「そう言われても……。私はあまり使わないし、見たらすぐ消すタイプなんです。ログとか、そういうの見れば良いんじゃないですか？」

「残念ながら、十燈荘エステートの管理は万全ではありませんでした。消してしまったメッセージのログはありません。このことを、あなたは知っていて消したのではないですか？」

「言いがかりですよ」

「堀田さん」

深瀬は、彼にしては珍しく情に訴える言い方を選んだ。

「夏美さんにとってあなたは、不安を相談できる相手だった。藤市出身ではない彼女にとって、あなたは大切な友人だったはずです」

深瀬は眉間に皺を寄せて畳みかける。その視線に、堀田はたじろいだ。

「その間宮さんという女性にお会いしたことはありません。それは本当です。ただ、一部の投稿は、確かに私です。申し訳なく思っています。でも、もう引き返せなかったんです」

堀田は崩れるように店の椅子に座り、重たい口を開いた。

「つまり、脅されていた？」

「……最初はほんの些細な気持ちでした。東京でも活躍していて、幸せな家庭を持っていて、気さくな夏美さんをどこか羨んでいました。そして何か欠点を見つけたいと思っていたのかもしれません。そんな時、バイクで花を届けた帰り道、少し離れたスーパーで夏美さんを見かけました。マスクをして帽子を深くかぶっていましたね」

「それはいつのことですか」

「一年以上前の話です。最初は不思議に思いました。なんでこんなところまで来ているのかと。そして冷凍食品を買い込むのを見て写真を撮りました」

「それで、その写真を投稿したのですか」

「いいえ、そのときは何もしませんでした。でも、それから一ヶ月経った頃、夏美さんに言われたんです。私が羨ましいって。自然の中でたくさんの花に囲まれて、のんびりと暮らしている、まひるさんが羨ましいって」

「それがあなたの気に障ったということですか？」

「ええ、だってバカにしているじゃないですか。嫌味でしかないです。羨ましいはずがないですよ、こんな地味な人生なんて。セレブの人達に使われて、朝から晩まで働いても花は枯れていく。私の人生なんてそんなものです。でも夏美さんはあんなに良い旦那さんがいて、あんな素敵な家族がいる。それなのに羨ましいなんて」

「なるほど。そう思ったから、あなたは写真を投稿した」

「ええ、すると匿名アカウントから連絡が来ました。『じゅっとう通信』は、本名を出している人と、いない人がいます。私はお店をやっていますから、当然本名で登録していますが……。でも匿名の人も多いんです。そして、私に連絡してきたアカウントが間宮さんなんでしょう」

「何を要求してきたのですか」

「やり続けろ、と。嘘でも事実でも構わない。そのまま夏美さんを晒して炎上させろと言ってきました。さもないと、私が投稿したことを本人にバラすと。でも、どうしてあの投稿が私だと見抜いたのかはわかりません。投稿するときは名前を隠していたのに」

「あなたは秋吉夏美を中傷したことをバラされたくなくて、そのアカウントの言いなりになって、家に招かれた時に撮った写真も投稿したんですか？」

「違います。私は、とんでもないことをしたと後悔して、バラしても構わないと言って断りました。それに、そんなことをしなくても、夏美さんの話題は炎上していましたから。私が何もしなくても、多くの住民が悪口を書き込んでいました」

「なるほど」

深瀬は頷いた。堀田はまだ俯いて、少し震えている。

「しかし、あなたは最初の記事以外も、いくつか投稿していますね。それも、あなたでなければ撮れない写真を」

「それは、理由があるんです。これを見てください」

そう言うと堀田は自分のスマホを出して写真を提示した。体を壊して入院している母親の写真だと彼女は説明する。

「ある日、これが送られてきました。従わなければ殺すと」

「つまりあなたは脅され、情報を提供していたということですね。夏美さんの写真や店での状況、バーベキューの時のことなど。そして、殺人事件が起こって怖くなって、メッセージを全て消去した」

力なく頷く堀田に、深瀬は厳しく指摘する。

「自分が何をやったかわかっていますか。その個人情報が原因で、犯人は秋吉夏美さんやその家族の行動パターンを割り出して犯行に及んだのかもしれないんですよ。まったく、今の人間達は自分の居場所や個人情報を晒すことに抵抗がなさすぎる。軽はずみな行為で許されると思うな。指先で人を殺せる時代だ」

深瀬は感情的に断罪する。ごめんなさい、ごめんなさい、死ぬようなことじゃないと思ったんです、と堀田は繰り返している。

「当面の問題はこの脅してきた相手だな。母親の病室は誰でも入れるのか」

「……いいえ。面会は予約制ですし、家族関係者か、もしくは医療関係者しか入れないはずです」

「その病院は？」

「藤市民病院です」

そこであっと笹井は声を上げた。間宮が怪しいのは間違いない。そして藤市民病院には間宮の知り合いである後藤が勤務している。後藤は、野沢相手に、間宮と最後に会ったのはいつかわからない、と誤魔化すような返事をしてきたという報告があった。

「私が自白したと犯人にバレたら、母が危ないかもしれません。お願いです。うちの母は関係ないんです。母を守ってください」

「俺達は警察官だ。幸か不幸か、この事件でその病院には警官が十分揃っている。今から連絡すれば間に合う」

目配せされた笹井は早速スマホを取り出して、藤市民病院に連絡を取る。その間、堀田はまだ震える声で深瀬に問いかけた。

「考えないようにしていました。でも、でも私のせいで、私のせいで秋吉さん達は殺されたんでしょうか」

彼女はぐちゃぐちゃになった顔で深瀬に詰め寄った。

「責任の一端はあると自覚しろ。胸が張り裂けるように痛いなら、その痛みを逃げず味わえ。それも夏美さんが受けた苦しみからすればかゆい程度だろう。だが、あなたの人生が首の皮一枚で繋がっているのは、第一発見者として秋吉春樹の命を繋ぎ止めたからだ」

「え」堀田はハッとした表情を作る。病院への連絡が終わった笹井は少し店内を見渡し、鼻をむずむずとさせた。花の匂いの他に、何かが匂うような気がしたからだ。

深瀬はその行動を気にせずに続ける。

「人命救助。それだけは、迅速で勇敢な行動だった。よくあの状況下で救急車を呼び、心臓マッサージをやれた。褒められるべきことだ。だが、あなたはあの現場に直面した時、いや夏美さんが仕事場に来なかった時、嫌な予感がしたんだろうな。思い当たる節があるから、電話に出ない程度で店をほったらかして秋吉家に行ったんだろう」

深瀬の指摘に、堀田はただ泣き続けた。彼女を残して、深瀬と笹井は藤フラワーガーデンを出る。笹井が手帳を開いて声を上げた。

「深瀬さん、ちょっとずつ事件の流れが見えてきました。夏美さんに嫌がらせをしていたのは間宮成美でしょう。堀田まひるは嫌がらせのきっかけを作り、情報を提供してはいましたが身内の件で脅されていた。そのための写真を簡単に撮影できる人物は後藤晶。そして『じゅっとう通信』における炎上を十燈荘エステートは黙殺していた」

「結果、秋吉家三人は惨殺された。犯人は？」

「間宮成美には夏美さんを殺す強い動機があった可能性があります」

「なるほど、お前はそう思うか」

「違うんですか？　だって昔から異常行動を起こしていた女性ですよ？　メッセージボックスを

このタイミングで空にしているのもおかしいです。早くスマホを押収しましょう。いや、重要参考人として引っ張る方が先か」

「待て。まだ泳がせておけ。そもそも、間宮の過去の話は後藤が語っただけで裏は取れていない」

「そうですけど、じゃあ、それを話した医師の後藤の単独犯の可能性も？　堀田まひるの母親の写真を送ることができる人間は他にもいるでしょうが、実際に秋吉家と間宮成美に後藤ほど近い人間はそういないでしょうから」

「過去の話が正しければ、間宮成美は異常者という部分では犯人像と一致する。しかし、どちらにせよ単独ではできない殺人だ」

「後藤、間宮の二人なら？」

焦るな、と深瀬ははやる笹井を抑え込む。

「問題は、なぜ今だったのかということだ。仮に間宮が好意を持った男とその妻、そして子どもを殺すならば、別にいつでもよかったはずだ。それに、何より話ができすぎている」

「ええと？」

「この数時間で様々な証言や憶測が飛び交い、その全てが、間宮成美が犯人だという一点に集約していく。しかし俺は間宮成美と長期間接しているが、彼女の異常性には気がつかなかった」

「異常者ってそういうものじゃないですか」

「お前、さっきから何を焦っている？　人は怪しいものや不可解なものを見るとそれが何か判断したくなるものだ。しかし、そうだと決めつける固定観念は捜査の邪魔だ。人の憶測や噂に惑わされるなよ。全員が嘘をついている、その前提で捜査すべきだ」

「そうしないと真実は見えないと」

「ああ、そうだ。お前はこの事件を早く解決したいらしいが」

「それはそうですよ。当たり前じゃないですか」

「帳場で何かが動いているのか」

「えっ……はい。実は、野沢さんから忠告を受けました。深瀬さんが心療内科を受診し、そこの女医が心理学を用いて深瀬さんをコントロールしている可能性があると。だから一課長の木嶋さんをはじめ捜査本部に情報を上げようと思っていると。待ってくれると言っていましたが、今頃話は管理官まで届いているのかもしれません」

「くだらん。海外では心療内科のカウンセリングなどごく当たり前だ。多様性というお題目を掲げながら偏見を受け入れない体質は、世間も警察も変わらんな」

「そんなこと言っている場合ですか。もし情報が上がれば深瀬さんは事件の捜査から外されますよ。もしかするとバッジまで取られるかもしれません」

「それがどうした。たとえ俺が警察を辞めても、世の中に犯罪者がいて、それを許さない奴もいるという事実は変わらない」

「そんなメチャクチャな」

「とにかく、間宮成美は泳がせる。堀田は反省した素振りを見せていたが、さっきまで犯人と連絡を取っていたはずだ。だが、今の揺さぶりで自分はまだ犯人側ではない、助かるかも、という希望を持った。だからもう犯人には連絡しないはずだ。堀田からの連絡が突然途絶えた犯人がどうするのか、それが重要だ」

「間宮かもしれないし、間宮じゃないかもしれないってことですね。でも、悠長に観察してて、また他の被害者が出たらどうするんですか。今回も連続殺人犯かもしれない。間宮を二十四時間尾行させましょう。捜査員を張り付けて不審な動きをしないように」

「いやダメだ。不用意に間宮をマークするのは真犯人の思う壺だ」

「では、このまま黙っているんですか」

「笹井、この事件の犯人は無差別殺人犯ではない。何かしらの理由や意図をもって殺害している。つまり狙われる人間は本件の関係者達だ。俺やお前も含めてな。間宮ではなく、その関係者に警護や尾行をつけるのが正しい」

深瀬のやり方は笹井にとって目が覚めるような手腕だった。

「間宮は怪しい。怪しすぎるから囮《おとり》かもしれないってことですね」

「そうだ。間宮を犯人として絞る偏った捜査は間違っている。よって今は適切な距離を保つことが最善だ」

じゃあ、と笹井は口を開いた。

「次はどこに行きますか？　藤市民病院？」

「いや。その前に、リノックスの前川隆史に確認しておきたいことがある」

十六

午後十時、静岡県警捜査本部では、事件のおおよその概要がまとめられていた。

所轄の聞き込みの結果、現場の物的証拠、科捜研からの調査結果など、ホワイトボードには隙間のないほど情報が書き込まれ、矢印が張り巡らされている。秋吉家の人間達の趣味が表向きと違ったこと、秋吉航季と間宮成美、後藤晶が同級生であったこと、堀田まひるが夏美の個人情報を晒し、間宮成美がかつてストーカー行為を行い、それがきっかけで秋吉航季は東京へと移っていたこと。最初は聞いただけの話が、多くの捜査員によって裏取りがなされ何が真実かが浮かび上がってきていた。

「スマホは見つかりませんでしたが、各家族の通話履歴が出ました」

「夏美、冬加、春樹に怪しい通話履歴はありませんが、秋吉航季は、十月九日の正午に、公衆電話から通話を受けています」

「公衆電話？　どこのだ」

「静岡中央市です。いま周辺の監視カメラを当たっています」

「よし、わかり次第教えろ！」

「一週間前、藤湖の畔で秋吉航季を見たというタレコミがありました。誰かと揉めていたとか」

「一般からの通報か？　顔写真を回して確認しろ！」

捜査は進展している。捜査員達は犯人が逮捕できると一層息巻き、事件解決と犯人確保のために尽力していた。その中で最も怒鳴っているのが木嶋課長だ。その大声は、捜査本部の会議室の外まで響き渡っている。

「おい、野沢！」

また外に出て情報を捜査本部に持ち帰ったばかりの野沢は、その木嶋に捕まった。

「お前、外で深瀬に会ったか？　あいつからは何の報告も上がってこない。情報を独占する気だ」

「会えてはいませんが、深瀬さんから連絡がありました。少しお話よろしいでしょうか」

そう言って野沢は木嶋を廊下の隅へと呼び出した。木嶋は苛立ちを募らせている。

「あいつがなんて言ってきた？」

「深瀬さんは、静岡県全域を封鎖し、検問を設置することを要請しています」

「それなら皆から言われている。しかし、上の判断もある。そう易々と出せるものではない。明日まで待て」

「でも木嶋さん、もし犯人が静岡県を出ていれば、事件は県警の枠を超えてしまいます。県民感情を考えても、この事件だけはうちで解決しなければいけないはずです。木嶋さんも深瀬さんと同じで、過去の事件を解決できなかったことを悔いていますよね」

「過去の事件？　十燈荘妊婦連続殺人事件のことか。あれは既に解決しただろう」

「そうでしょうか。深瀬さんはきっとあの事件と今回の事件をまったくの別物とは考えていないでしょう」

「おい、あいつを信用するのか」

「まさか。黒い噂の絶えない死神です。ただ刑事としての実績は認めるしかありませんよね。何があろうとも、いずれ深瀬さんは犯人を追い詰める。ただし、それを逮捕するのは俺達捜査一課ってことでどうですか？」

「なんだ？　深瀬を利用するのか？　お前に深瀬が何かを話すとは思えんが」

木嶋は眉を顰めた。

「ええ、だから近くにつけたわけです。笹井を」

「笹井？　あの若造か」

「上手く誘導して、深瀬さんに張り付くようにしてあります。こっちからちょっと新しい情報を出したら、向こうも俺に逐一報告してくるようになりましたよ。深瀬さんの隠している情報を得るには好都合です」

「そうか。だがあの事件は解決したということは忘れるな。今は、今の事件を追うべきだ。マスコミが、捜査関係者の話として未解決だとか情報を出したが、適当なことを言って視聴率を稼ぐ気に決まっている」

木嶋は少し表情を曇らせた。かつても県警は十燈荘の殺人事件で顔に泥を塗られたのだ。そしてまた、同じ場所で殺人事件が起こっている。

「あの日のことは本当に悔しいがな」

「……亡くなった鳥谷さんは、木嶋さんの直属の部下だったと聞いています」

「ああ、俺が警察捜査の全てを叩き込んだ。まさに一番弟子のような男だった。刑事としても人間としても魅力的なやつだった。家族思いで、仕事もできる。年が離れた弟を随分大事にしていたな」

「それじゃ、弟さんも警察を目指したかもしれませんね」

「いや、確か親が離婚して県外に行って消息知れずだ。……まあ、案外警視庁とかに勤めているのかもしれん。あの切れ者鳥谷の弟だしな」

木嶋は少し遠い目をして肩を落とした。深瀬にもああなってほしかった、と。

「新人だった深瀬さんをつけたのって、見習ってほしかったからですか？」

「ああ、そうだ。最初は摩擦もあったが、二人は後に静岡県警が誇る名コンビとなってくれた。ちょうどその頃だ。静岡県藤市の十燈荘で連続殺人事件が起きた。まるで警察を嘲笑うかのように容疑者不明のまま被害者が増え続け、我々も頭を抱えていた。そして最後の悲劇が起きた。鳥谷とその奥さんが犠牲になってしまった」

「その時、深瀬さんはどんな様子でした？」

「悪いがよくは覚えていない。私自身も大切な部下を失い、頭が真っ白だったからな。しかし、そうだな。深瀬は涙一つ流さなかったように思う。何か覚悟を決めたかのような表情をしていた。だが、あいつが今のようなあいつになったのは、鳥谷が殉職したときではない」

「それは知っています。犯人を逮捕したときですね」

「そうだ、事件から約一年後。深瀬はやるべき仕事の他に、勝手に捜査を続けていた。そのときの入電はこうだ。『鳥谷さんの自宅に至急応援を。犯人が火を放った』と」

「それは、深瀬さんの記した調書とも一致していますね。たった一人で犯人を追い詰め、揉み合う中で、興奮状態だった犯人が家に火をつけたとの報告を読みました。犯人の名前は高倉涼介」

「そうだ。高倉は、藤市に住む成人になったばかりの若造で、どうしようもない不良だった。動機は曖昧だが、後から調べた限りでは、鳥谷元也の妻に好意を持ったので殺したというろくでもないものだ。その後、高倉の自宅を家宅捜索すると、他の被害者の遺留品なども発見され、連続事件の同一犯であると警察は関連性を断定し、十燈荘妊婦連続殺人事件の被疑者として処理した」

「それで一件落着だったわけですか」

「外向けの話はな。しかし、腑に落ちないことがある。俺からすれば、深瀬が犯人をどう追い詰めたのかは問題じゃない。現に証拠と言えるものは後から出てきたからな」

「というと？」

「深瀬は直後に入院した。背中にひどい火傷を負ってな」

「ええ、その日、犯人は焼死しましたが、深瀬さんも火傷をして病院に搬送されたと聞いています」

「では、何故背中に火傷があったのか。仮に追い詰めた犯人が目の前で火を放ったとすれば、深瀬もタダでは済まないだろう。全身に、いや特に正面から火傷を負うはずだ。しかし火傷は背中にある。深瀬が犯人を置いて逃げるわけがないのにだ」

「応援が現場に到着したとき、どうだったんですか？」

「深瀬は自力で火を消したらしい。火傷をしたまま一人で倒れていて、それを同僚が助けて緊急搬送だ。その場にはもう一つ遺体があったが、男か女かもわからないくらい燃えていた。ＤＮＡ鑑定もできていないが、深瀬の取った録音によると高倉で間違いない」

「足の切られた遺体ですね。それを切ったと思われる凶器も見つかっていないと」

「そうだ。だがまあ考えすぎなのかもしれない。深瀬が仇を討ったのなら、それは許すさ。身内としてな」

少し喋りすぎた、と木嶋が咳払いをして表情を改める。

「高倉が生きている可能性は？」

「俺はないと見ている」

「深瀬さんはそれを疑っているんじゃないですかね？　本当は気絶していて、高倉が死んだところを見ていないんじゃないですか？　その後、深瀬さんの相棒が何人も亡くなったんですから。そもそも、高倉には、わざわざ妊婦を狙って殺人をする動機がないでしょう」

「高倉、もしくはその共犯者が生きていると？　そこまで言うならお前も調べているだろう。深瀬の相棒の死は、どれも事件性はなかったんだ。本人は偶然では片付けられないかもしれないがな。自分を責め、何かを抱え、その後にあいつは容姿も変わり、いつの間にか死神と呼ばれるようになった」

重い響きに野沢はごくりと唾を飲み込んだ。木嶋の方は、何が本題だったかとふと呟く。

「静岡県の封鎖と検問ですよ」

「そんなに簡単に人員が確保できないことを、深瀬はわかっとらんのだ」

「これは俺個人の意見ですが、せめて十燈荘の検問は、身分証確認の後通すのではなく、全面封鎖すべきだったのでは？　正直、本件の殺人犯はそれくらいのことをしてまでも封じ込めるべきだと考えます。それができないのは、やはり何か大きな力が働いているのではないですか」

「何言ってる。県警が金持ちどもの圧力に屈したと？」

「うちのＯＢも住んでいますよね、十燈荘には」

「それは否定せん。しかし、今時そんなあからさまなことができるわけがない。なんなら、部長や大中管理官に聞いてみると良い」

「木嶋さんのところまで話が来ていないなら、それは信じますけど。でも、十燈荘の不穏な印象は、俺にとってはすごく気になるんですよ。古くから藤湖を巡っての多くの伝説がありますし」

木嶋は頭を掻きむしる。

「お前、この期に及んでオカルトか。趣味だと聞いてるが、都市伝説の読みすぎだ。野沢。いいか、この事件の捜査は進展を求められている。明日になればメディアもさらにうるさくなるだろう。お前の本題は、県や十燈荘の封鎖なんかじゃないはずだ。何か隠しているなら話せ。出世欲の強いお前なら身の振り方はわかっているはずだ」

野沢は少し俯いて口を開いた。

「木嶋さん、俺の昇格については覚えておいてくださいよ。……深瀬さんですが、実は捜査ができるような精神状態ではないと思われます。数年前から、十燈荘の心療内科を受診しています」

「クリニック間宮か。捜査線上に挙がってきている名前だ。しかし精神科にかかっているとは初耳だぞ」

「表向きは内科、外科とそこに続いて心療内科ですからね。かかっていても体が悪いんだと誤魔化せます。組合の方にチェックを入れたら、精神系の薬も処方されているとわかりました。藤市民病院の医師、後藤晶は、あそこは実態のわからないクリニックだと証言していますし、その院長の間宮成美は過去にストーカーを行っていた疑わしい人間でもあります」

おいおい、と木嶋は大きく口を開いた。

「県警の事件捜査担当刑事が、心療内科に通い薬を処方されている状態だとは……。何より私や仲間に対して隠匿していたという事実は重いだろう」

「となると、深瀬さんもここまででしょうか」

「これから事実関係を確認するが、もし事実ならば深瀬の捜査権は剥奪する」

「深瀬さんはもう事件の真相に近づいてきていますからね」

「野沢。手柄はお前が取れ。お前が犯人を逮捕するんだ！」

木嶋は怒りをぶつけるように、タバコの火を灰皿へと押し当てた。

十七

木嶋に発破をかけられ捜査本部を出た野沢は、その足で藤公園に向かった。午後十一時に近くなっても、そこには中高生達がたむろしている。ダンスの練習をしている者も少なくなり、路上に座ってコンビニで買ったものを食べたり飲んだりしながらだべっている雰囲気だ。

酒は飲んでいないだろうな、と思いながら野沢は彼らに近づく。

「オッサン、何か用？」

威嚇するように聞かれ、すぐに警察手帳を出した。まだオッサンと呼ばれるような年じゃないぞ、と心の中で唱えておく。野沢は今年で三十歳だ。

「静岡県警の野沢だ。さっき、ここに来た刑事達がいただろう」

「ああ、あのヤバイ見た目のおっさんと爽やかなタイプの」

「後で来るかもって言うんで待ってたんですよー。犯人、捕まりました!?」

ワクワクしたような視線を投げられ、野沢は困惑する。殺人が身近にあったというのに、と思ったが、彼らにとっては推理ドラマの登場人物になったような高揚感があるのだろう。

「いや、まだだ。ここに出るっていうストーカーについて聞きに来た。今から顔写真を見せるから、その中にストーカーと思われる人物がいたら教えてほしい」

「おっけー」

「俺も見る！」

「男だよな？」

野沢は資料として、これまで秋吉一家殺人事件の捜査で関わりのあった人物の写真を、中高生に見せていく。

「知らねー」

「こんなおじいちゃんって感じじゃないよね」

「でも若くもないっていうか」

ワイワイガヤガヤと話している彼らが、これっぽいと最終的に指差したのは思いも寄らない人物だった。

野沢は彼らに礼を言って、それからそろそろ家に帰るように伝える。警察としてはそう言うしかない。せめて日付が変わる前には家に帰ってほしいと。

しかし彼らが殺人事件に巻き込まれる可能性はぐっと低くなった。改めて捜査線上に浮かんできた人物は、まさしく思いも寄らない人物だった。


野沢は笹井と連絡を取り、続いて車に乗り込んでクリニック間宮へと向かう。夜中だが、駐車場には間宮の持ち物と思われる高級車が一台残っていた。院内の灯りも点いている。察するに、院長である間宮成美だけが職場に残っているのだろう。時刻は既に午後十一時を回っている。

「間宮成美院長はいらっしゃいますか。こちら、静岡県警の野沢です」

職員通用口のチャイムを押してインターフォンに話しかけると、しばらくしてドアが内側から開いた。

「野沢さん？　聞いた名前ですね。今朝から刑事さんは何人もいらっしゃいましたが」

「お騒がせしました。そして、私が最後だと思います」

含みのある言葉に間宮は一度瞬きし、院長室へと野沢を誘った。高級そうなソファを勧められ、そこに座るなり野沢は話し出す。

「お訊きしたいことがあります。あなたの過去と現在について」

「私について、色々お調べになったようですね。卑劣な殺人鬼を逮捕するためであれば、何でもお答えいたします」

間宮はまだ座らず、ハーブティーを用意し始めた。背中を向けながら野沢に対して返事をする。

「まずは過去についてです。あなたと、亡くなった秋吉航季さん、そして藤市民病院に勤務する医師の後藤晶さんは藤中学校からの同級生ですね。仲が良く、よく学校帰りに藤湖の湖畔で遊んでいたとか」

「ええ、そういう時代もありました」

「さらには高校時代、あなたは秋吉航季さんに一方的な好意を寄せ、付きまといを行っていた。かつその邪魔となるものに嫌がらせを行っていた。これもある程度証言が出ています」

「色んな解釈があるでしょう。でも、私達は付き合っていましたから。浮気しそうなら嫉妬もするでしょう？」

「では質問を変えます。あなたが原因で秋吉航季さんは高校を卒業と同時に東京へと行った。これは事実ですか？」

「ええ、そうだったのかもしれません。喧嘩別れでしたからね」

そう言って、間宮は赤いハーブティーをテーブルに置いた。それを一瞥して野沢は続ける。

「しかし六年前、航季さんは家族と共に、ここ十燈荘に突如として帰ってきた。あなたにとって、妻の夏美さんは邪魔だったのではないですか。あなたは著名人になりましたが、未だ独身です」

まあ、と野沢の台詞に間宮は抗議の声を上げた。美人が眉を顰める様は、それだけで絵になった。

「女医の独身率をご存じない？　なかなか良い男性がいないんです。それに、今さら普通のサラリーマンなんて興味がないですよ。高校時代から何年経ったと思っているんですか？」

「しかし、あなたはどこでも開業できるほどの名声を持ちながら、わざわざ十燈荘に開院していますね」

「過去は過去です。十燈荘は、仕事を通じて知り合った方に紹介していただいただけですよ。融資など条件も良かったし、あの十燈荘ですからね。藤市民だった頃から、私にとっても憧れの地でした。まだ住めてはいませんが、ここに病院を開けるだけでもステータスですよ」

「航季さんは関係ないと？　確かに、開院の方が先ですが……」

「ええ、航季さんが帰ってきたことは風の噂で耳に入りましたが、もう恋愛感情などありませんでした。私はもっとランクが高い男性ともお付き合いしてきましたのよ」

だから地方の銀行員などに興味はないし、まして県の公務員にとやかく言われる覚えはない。間宮はそんなことを言いたげに野沢に冷たい視線を送った。

「しかし、あなたは『じゅっとう通信』で怪しい動きをしています。調査の結果、あなたと堀田まひるのメッセージボックスは、今朝の時点で空になっている。状況から、二人が連絡を取り合っていた可能性は高い。そして、堀田まひるは、秋吉夏美にネット上で嫌がらせをしたと自白しましたよ」

これを聞いて、間宮の表情が少し曇る。

「誤解です、刑事さん。確かに、あの女は彼に相応しくないと思いました。私ですら十燈荘に住めないのに、あの女は航季さんの妻に収まり、セレブ面をして大手を振って歩いている。おかしいじゃないですか」

「どういう意味ですか。相応しくない、だからネット掲示板を使い夏美さんに嫌がらせをしたんですか？　堀田まひるの投稿した一枚の写真をきっかけに。堀田さんの母親を脅し、さらなる写真を要求して」

「ちょっとした出来心じゃないですか。炎上してほしいとは思いましたが、死んでほしいとまでは思っていません」

「でも現実に、秋吉一家は殺されました」

「私はやっていません！」

「でも、堀田まひるの母の写真を手に入れて、脅していたのは事実ですよね？」

野沢の問いに、間宮は逡巡してからうなだれた。

「あの書き込みが堀田さんのものだと、見ればわかりました。私は勘が良いんです。だから、続けてほしかった。写真は手に入ってしまったので、使いたくなったんです」

「写真の提供者はこの人物ですね？」

野沢は後藤の写真を示しながら尋ねた。

「はい……」

「どうやって頼んだのですか？」

「それは……向こうが会いたいと言ってきたんです。だから、その条件として写真をと言いました。むしろ私は会いたくなかったので、断るつもりの条件だったんですが」

この話は初めて聞いた、と野沢は顔を上げる。後藤は、間宮と最後に会ったのがいつかわからないと言っていた。それは昔だからという言い訳だったが、真っ赤な嘘だったことになる。

「その写真を受け取ったのはいつですか？」

「一年ほど前です」

「繰り返しますが、後藤から会おうと言ってきたのですね？　目的は？」

「……実は私と後藤は、大学時代付き合っていたんです。大学は違っても、お互い医大生でしたからね。だったら、航季さんよりも後藤の方が私に相応しいかと思い直して。後藤としては、その時のことを持ち出して、よりを戻したいという話でした」

「は、はあ……」

「わかってくれますよね？　刑事さん。私は、今さら航季さんを殺すまで恨んでいたりはしないんです。幼馴染みとして、あの女は相応しくないと思いましたけど」

ここまでの話に野沢は驚いた。ストーカーするほど追いかけていた秋吉航季が東京に逃げた後、あっさりと後藤の方に乗り換えていたとは。そういえば、秋吉航季がストーカーから彼女を助けたきっかけとなった男子生徒も、後藤の話によれば、間宮と付き合っていた可能性すらあるという。

間宮の主張と後藤の主張は真っ向から対立している。どちらかが確実に嘘をついているか、あるいは両方なのかもしれないと野沢は気を引き締めた。ここからは自分の腕次第だ。

「間宮さん、昔の話についてお訊きします。二十年以上前、藤高校時代に別の高校で男子生徒が転落死したという事故があったようですね。後藤さんからお聞きしました。その男子生徒からつきまとわれていたのがあなただった。そして嫌がらせを受けていたあなたを助けたのが、秋吉航季さんだった。このことについて間違いはありませんか」

「ええ、随分前の話ですからうろ覚えですが」

「どうも話ができすぎていると思いませんか。はっきりとは言いませんでしたが、後藤さんはあなたがその男子生徒の自殺に関わっているのではないかと思っていたようです」

野沢の問いに、間宮は思いふけるような顔をして目線を下に向けた。

「随分と率直におっしゃるんですね。確かに、かつての私は恋い焦がれた感情をコントロールできずに、誤った行動を取ったことや、過剰な発言をしたこともありました。でも私はそんな自分を変えたいと思って、心理学の道に進みました。学んでみると、とても奥が深い学問でしたね。でも、心療内科医だからといって、人を殺すことも、人を殺すよう誰かを動かすこともできませんよ。そんな万能なものなら、もっと世の中に知られているはずでは？」

野沢は黙って頷いた。先程、深瀬が間宮にコントロールされている可能性を指摘した野沢だったが、今それを追及したりはしない。

「でもあなたは、既に恋愛感情がない秋吉航季の妻に対して攻撃した」

「……最初はほんの出来心でした。堀田さんが投稿した一枚の写真を見て、これはおかしいと、正義のつもりですらありました。そこから全ては始まったんです。でも、あの女は嘘つきですよ。冷凍食品を買い込んで、自分が作ったかのように写真をあげて。息子さんは引きこもりだっていうのに、病院に連れて行ってる素振りすらありません。娘さんだって反抗的でしたよね」

「それを何故知っているんですか」

そう野沢は問うたが、間宮はシロだと勘が働いたのも事実だった。秋吉家の本当の姿を知っているのなら、あのズレた犯行現場を作り出したりはしないはずなのだ。

「ここは病院ですから、地域の噂話はいくらでも入ってきますよ。色んな人の愚痴を聞くことになるんです。そして、聞けば聞くほど、作り物だらけの家族で、彼が幸せとは思えなかった。でも、『じゅっとう通信』の炎上は意図したものではありませんでした。勝手にみんなが盛り上がって、瞬く間に話が大きくなって、やっぱり人の不幸ってみんな楽しいんですよね」

「他人事のような言い方をされるんですね。第一、人の家のことにとやかく言うものじゃない。それぞれに形が、在り方があるでしょう。あなたはどんな立場でものを言っているんですか」

「あの女を庇うの？」

「どちらが正しいかは目に見えていますよね？」

「……刑事さん。あの女はね、人殺しなんですよ」

「何を言っているんですか」

野沢は呆れた表情を作る。しかし間宮はどこか異様な目をして囁くように告げた。

「秋吉夏美は彼を刺した。包丁で」

「なんだと？」

思わず野沢は声を荒げた。

「理由は知りませんけど、あの女は彼が誰かと不倫していると疑っていた。そしてヒステリックになっていった。炎上だって、嫌われる理由がないわけじゃなかったんですよ。そしてある日、あの女は自宅で彼の腹を刺した。包丁でね。彼が浮気なんてするはずはないのに、恐ろしいと思いませんか」

「あの傷か……」

秋吉航季の腹部には、少し古い傷跡があった。それは秋吉夏美に刺されたものだったとは。

「この話を誰から聞いたか、当てましょうか」

「ええ、お察しの通り、後藤です。私の気を引きたくて、色々言ってきましたよ。守秘義務もあるというのに。私に振られた後、うちの病院の悪口を色々言っているようですが。どちらが本当のことを言っているのかわかりましたよね？」

「覚えておきます」

後藤は肯定も否定もしない返答をしておいた。

「航季さんには家庭用包丁で刺された傷があったのは確かですから。でもまさか、妻の夏美さんがそんなことをするとは」

「だから私はこの事件が起きた時、思ったんですよ。あの女が無理心中を図ったんだって。夫の不倫に絶望し自分も子どもも、家族を道連れにして死のうとした。考えられると思いませんか。だって、ただの思い込みの疑惑で夫を刺す女ですよ？」

確かに、自分は冷蔵庫に入って凍死するのなら、そういう方法も考えられる。家族に睡眠薬を盛るのは簡単だろう。しかし、実際は女一人でできる犯行ではないし、秋吉春樹が襲われた時間には、既に夏美は死亡している。

いや、共犯者か……？

野沢は考えを整理するため、メモを取りながら問いかけていく。

「最近、秋吉航季さんと会ったことはあったのですか」

「いいえ、会ったり話したりはしていません。こちらに秋吉さん一家が引っ越してきてから、一度も。うちの病院は避けられていましたから」

間宮が顔を顰め、しばらく沈黙の時間が生まれた。

「わかりました。この件はこちらで捜査します。では最後に」

野沢は手帳をしまい、改めて間宮を見つめる。

「間宮さん、あなたは夫を刺した夏美さんを糾弾しましたが、なぜ夏美さんが常軌を逸した行動を取ったのか、その背景を理解していますか。夏美さんの行動は確かに褒められたものではありません。傷害罪や殺人未遂に繋がってもおかしくないでしょう。ただ夏美さんの精神はまともではなかった。平常心で理性を保つことができないほど追い詰められていたはずです。夫は不在がちで、子ども達とも上手くいっていない。周囲の住民からは冷ややかな目で見られ、嘲笑われ後ろ指をさされていたことでしょう。あなたは医者です。しかも心療内科だ。むしろ彼女を診察し、治療する立場だったのではないですか」

殺人の疑いではなく、倫理的な正論を突きつけられた間宮はたじろいだ。野沢の言葉に、少しずつ顔色が悪くなっていく。

「あなたは自分の心をコントロールするために心理学を学んだと言っていた。でも一連の行動を見るに、未だコントロールなどできていませんよね。人としての誠実さをあなたは身につけられていない。殺人犯ではなくとも、夏美さんの炎上はどこかでこの事件と繋がっているでしょう。このようなことになった原因、その一端は、堀田まひる、間宮成美。あなた方にあるんです。ハエのように群がった他のユーザーではなく、あなた達が始めたんだ。俺は許さない。……犯人でないなら、逮捕はないかもしれない。しかし、医師免許剥奪は覚悟してください」

敵愾心《てきがいしん》を表に出した野沢の目は充血し、鬼気迫る表情だった。間宮は両手を震わせながら顔を覆う。

「わ……私はエリートで、十燈荘の医者に相応しい人間だと……」

「誰がそう言ったんですか？　あなたは自分の能力を過信して、驕っていたのではないですか」

その言葉は、野沢の想像と違った意味で間宮の心に突き刺さったらしい。

「誰……？　誰が、それ、は……」

そう呟きながら、間宮は椅子から崩れ落ちた。

「おい！」

抱き起こすと気絶していることがわかる。極度の緊張か、犯罪を後悔したのか。そう思ったが、どうにも違う反応に思えた。野沢は間宮の医者としての在り方を責めたのだ。しかし彼女が口にした「誰」という言葉。

「誰かが、間宮をエリートだと言い、十燈荘に相応しいと焚きつけた……？」

それができるのはむしろ心療内科医である間宮自身ではないのか。他に、思い当たる人物はいない。

「……報告するか」

野沢はスマートフォンを取り出して、手短にメッセージを送った。

十八

午後十一時二十分。ゆらゆらと体を揺らす深瀬と背筋を伸ばした笹井が夜の繁華街を歩いている。リノベーション会社「リノックス」へと向かっているのだ。静岡中央市の目抜き通りは、土曜の夜ということもあってまだまだ多くの人で賑わっている。

その喧噪の中で、笹井は躊躇しながらも問いかけた。

「深瀬さん。深瀬さんはどうして一人で捜査をするんですか」

「お前は刑事だろ。どう思う？」

深瀬がその問いを跳ね返す。

「それは……かつて深瀬さんの相棒が立て続けに殉職したことがきっかけなのかと」

「月並みな解釈だな」

「でも他に理由はありますか？」

「ある。静岡県警察内部には、昔から内通者がいる」

「は？」

あまりに唐突な答えに、笹井は面食らった。

「内通者？　警察官が犯人と通じているっていうんですか？」

「そうだ。十六年前の事件の頃にも存在した。だから妊婦が四人も殺されたんだ。一人目は仕方ないかもしれない。二人目の犠牲で連続殺人事件だとわかった。だから十燈荘内の警備は強化されていた。にもかかわらず、三人、四人と殺され、最後には刑事がやられた。それほどの事件が起きたのに、犯人の特定まで何故時間を要したか。それは怠慢な捜査や無能な刑事のせいではない。何者かが警察捜査を撹乱するため証拠の隠蔽や偽造工作を行ったからだ」

「そんなこと、あるんですか？　同僚が、仲間が、無惨に殺されたんですよ」

「人間が真実を隠すのは、何かを守るためだろう」

深瀬は意味深に告げた。その続きを聞く前に、リノックス本社のビルに到着してしまう。夜中だが、まだ灯りが点いている。深瀬は二階まで上がってインターフォン越しに前川を呼んだ。アポイントは既に取ってあった。

「静岡県警の深瀬と、笹井です。夜分申し訳ありませんが、前川さん、いらっしゃいますでしょうか」

「刑事さん、遅くまでお疲れ様です」

やがて扉が開き、深瀬達は本社の中へと案内された。今時のオフィスの中には休憩スペースやガラス張りの執務室、豪華な会議室まである。この時間、前川の他にも、まだ数名の社員が残っていた。奥の個室のような場所に案内され、そこには前川という金属製のネームプレートが貼られていた。

「どうぞお座りください」

応接スペースのソファを勧められる。

「改めまして、遅い時間にすみません。それにしても素敵なオフィスですね。こんな自分の部屋をお持ちの前川さんも、凄いことです。もうじき営業部長だとか」

深瀬が柄にも無いお世辞を言ったので、笹井は前川のことを疑い始めた。深瀬は、理由もなくそんな行動を取るわけがないからだ。

「いえいえ、お客様に恵まれたからでして」

謙遜した前川のデスクには、秋吉航季と二人で撮った写真が飾られていた。

「またお時間をいただいてしまってすみません。お訊きしたいことは一つだけです。先程、鑑識課の調査が終わって連絡が入りました。前川さん、あなたは二ヶ月前に藤ゴルフクラブにてゴルフボールを三ダース購入されていますね。これは秋吉航季さん殺害に使用されたものであり、発見された個数も一致しています」

「ちょっと待ってくださいよ。ゴルフボールを買ったってだけで殺人犯にされちゃうんですか」

「購入されたことは認めますね」

笹井が追及するように念を押した。

「ええ、確かに購入しましたよ。ゴルフ好きの友人への誕生日プレゼントです。記念品や引き出物に使われることもある限定ボールですよ」

「そのご友人のお名前とご住所は？」

「いや、そんなことで疑われるのは勘弁してください。……実はあれ、秋吉さんへのプレゼントだったんです。バーベキューのお礼に渡したんですよ。でも、それが殺害に使われたって、どういうことですか？」

「秋吉航季さんの死因は、ゴルフボールを胃に詰められたことによる窒息死です」

「……恐ろしい犯人ですね。そんなやり方で？」

この前川の発言に、笹井は眉間に皺を寄せた。確かに、現場にもともとゴルフボールがあったのだとしたら、前川への疑いは晴れることになる。そこに深瀬が続けた。

「あなたは、秋吉航季さんと同じ藤ゴルフクラブへ行っていると言いませんでしたよね」

「聞かれなかったからですよ。一緒に行っていたわけじゃないですし、航季さんのプレイを見たこともありません。誘われなかったので」

「そうですか。ではもう一つ。現場に残っていたボールは三十個。あなたが買ったゴルフボールは三ダース、つまり三十六個です。数が合わない」

「航季さんが使ってなくしたんじゃないですか？」

「航季さんは二年以上藤ゴルフクラブにも行っていなければ、自分のゴルフクラブにすら触れていない。そこに違和感を覚えるのです。公私共に親交のあったあなたと航季さんは、ＤＩＹやアウトドアに勤しむことはあっても、一緒にゴルフをすることはなかった。しかし航季さんは、妻にはゴルフに行くと嘘をついてどこかへ出かけていた」

「そうなんですか？　でも、そんなこと私が知りようがないですよ」

「……前川さん。秋吉家には表の顔の他に、もう一つの側面がありました。全員が自分を偽り、虚勢を張っていた。それは何故なのか。おそらく大した意味などないのでしょう。十燈荘という町が彼らを追い詰めた」

「十燈荘が？」

「あなたが犯人とは言いません。しかし、何かを隠しているはずです。これは刑事の勘ですが、おっしゃっていただけないなら、より深く捜査させていただく形になります」

前川は唾をごくりと飲み込む。深瀬の一言は彼の急所を突いたようだった。深瀬の言う通りなら、これから警察官が前川の私生活に張り付くことになる。たとえ無実であっても、嬉しくない事態だろう。

前川は深呼吸をして声を発した。

「本当に犯人なんて知りません。航季さんがどこに行っていたのかも知りません。ただ、夏美さんは夫の不倫を疑っていました。個人的に相談を受けたこともあります」

「不倫か」

深瀬が呟く。

「つまり秋吉航季さんは、不倫の口実にゴルフに行っていると言っていたわけですか。そしてあなたは、不倫していたかどうかなど知らないけれども、夏美さんに、自分とゴルフに行っているから大丈夫だと無責任にも告げていたのですね？　だからそのことを隠したかった」

「……はい」

前川はソファに座ったままうなだれた。

「もしかして、その浮気相手が今回の殺人事件の犯人なんじゃないかと、ニュースを聞いて思いました。でも、こんなことになるなんて思ってませんでしたよ！」

私は無実です、と前川は頭を抱える。

笹井は深瀬に目配せし、深瀬は渋々頷いた。これ以上の話は聞き出せそうにないし、どうやら捜査本部から新情報が入ったようなのだ。

「では最後に聞かせてください。息子の秋吉春樹くんについてです。秋吉冬加さんの友人から、春樹くんは時々暴力的な側面があると聞きました。何か知っていることはありませんか」

「いえ、ほとんど。夏美さんから聞いた話では、不登校になったので田舎の親戚の家に預けて療養しているという話でした。だから、今朝のニュースで家にいたんだと驚きましたよ。たまたま帰ってきていたんでしょうか？」

「なるほど。ありがとうございます」

「あの、春樹くんの意識はまだ戻らないのですか」

「ええ、依然として意識不明のままです」

「そうなんですね……。あの子だけは、どうか助かってほしいです」

前川は神妙な面持ちのまま告げた。深瀬と笹井は一礼し、深夜のリノックスを後にした。夜の繁華街に戻ると、先程よりは少し人通りが少なくなっている。終電の時間が過ぎたのだ。日付もあと少しで変わる時間帯だった。

「深瀬さん、春樹くんを預かっていたという親戚についても調べるべきじゃないですか？」

「わからなかったのか？　あれは夏美が前川についた嘘だ」

「えっ」

「おそらく、バーベキューの時に息子がいないことを詮索されたくなかったんだろう。夏美には完璧な家族を演出したいという欲があった。不登校は隠せないが、ゲームばかりの引きこもりという事実は隠し通せると思ったんだろうな。だから、息子はここにはいないと嘘をついた。おそらく、色んな相手にそう言って回っていたんだろう。そして父親の秋吉航季も娘の秋吉冬加も、その話を積極的には否定しなかった。冬加は、うちの家族は嘘ばかりと言っていたんだったか」

「あ、そういうことですか」

「それでも、秋吉冬加は友達に、弟はいま家にいないとは言わなかった。それでは愚痴を言えないからな」

「だから、冬加ちゃんの証言が本物と考えられるわけですね。そうだったら……春樹くんが深夜に殺されなかったのは、いると思われていなかったから」

「そう。そして、犯人、あるいは他の何者かが、朝七時に秋吉春樹が生きていることに気づいて、殺害しようとした。抵抗があったか何かで未遂に終わり、第一発見者の堀田まひるが心臓マッサージを行うことでなんとか生き延びた」

「犯人は、複数犯の可能性。そういうことだったんですね。最初の殺人とは時間がずれている。春樹くんは全世界に公開されたゲーム『ＣＨＡＯ』をプレイしていました。犯人は何らかの方法で、春樹くんが自宅で生きていることに気づいて戻ってきた。ｈｏｕｓｅというユーザーなら、当然それを知っていたはずです」

「ああ、しかし他の可能性もある。犯人は、秋吉家全員を殺したと思い込んでいた。そして、別の誰かがやってきて、残っていた秋吉春樹を殺そうとした。この場合、犯人達は面識があるかどうかもわからない」

「共謀していたかどうかすらわからないんじゃあ、犯人を絞り込むのが難しくなります」

笹井が渋い顔で地下道への階段を下りた。県警本部に戻るにはこの道を抜ける必要がある。そのとき、笹井の携帯に入電があった。野沢からだった。

「深瀬さん、電話に出ますので先に行っててください」

「言われなくとも、別に待つつもりはない。単独捜査だからな」

「そんな冷たいことを今さら言わなくても」

「お前とは今朝からの仲だ。馴れ馴れしくするな」

それでもだいぶ近づけたな、と笹井が思っているうちに深瀬は本当に去ってしまう。笹井は慌てて電話に出る。

「野沢さん、お疲れ様です。何かわかりましたか？」

「笹井、悪いな」

謝罪から入る連絡に笹井はぎょっとする。

「木嶋さんに、例の件を話してしまったよ」

「えっ、深瀬さん、どうなるんですか」

「今すぐどうこうって話じゃないが、事実確認後に現場から外され、休職扱いになるようだ」

「やっと事件の真相がわかってきたってところなのに」

「そうか。俺も木嶋さんから色んな話を聞くことができたよ」

「また噂話ですか」

「まあな。しかしもう時間がない。お前に一つ頼みがあるんだ」

「頼みですか？　捜査でしたら、代わりに行きますよ」

「違う」

電話口から聞こえてきたのは、野沢にしては真面目で、鋭さのある声だった。

「時間はもう十分やっただろう、笹井。木嶋課長か深瀬さんか俺か、お前が誰に付くか、決めてくれ」

野沢に返事をした笹井は先に行ってしまった先輩を追いかける。幸い、県警本部の駐車場にはまだ深瀬の車が残っていた。その助手席に勝手に乗り込むと、深瀬が不愉快そうに顔を上げた。

「どうした？　気味の悪い顔だ」

「ああいや、あの、俺、深瀬さんに付いていこうって決めたんです」

「やめろ。煩わしい」

「そんなこと言わないでくださいよ。野沢さんが、さっきの電話で情報くれました。深瀬さんにつくなら、って。犯人逮捕は競争したいところだけど、手が回らないので片方頼むってことでした」

野沢が調べた情報を笹井は伝える。

まず、木嶋課長は明日になるまで静岡県全域に検問を設ける気はないということ。後藤と間宮の因縁。そして誰かが間宮をそそのかした可能性。

「特に後藤さんと間宮さんは、どちらかが嘘を言っているはずなんですよ」

「そうだな。お前は今から藤市民病院に向かえ。野沢がくれるという手柄をもらえば良い」

「ってことは、深瀬さんも複数犯だと思っているんですね。犯人の目星はついたんですか？」

「いや、まだだ。調査する時間と、考える時間が欲しい」

そのあと小さく深瀬は付け加えた。家の声が聞きたい、と。

十九

日付が変わり、十月十一日、午前一時過ぎ。二人の刑事が扉の前で敬礼すると、病室の扉が開いた。男は静かに両手に手袋をはめると、内ポケットから注射器のようなものを取り出し、秋吉春樹に向けた。

「悪く思わないでくれ、これはバトンなのだ」

大柄な男が注射器を点滴へと向けた時だ。

「手を上げろ！　そこまでだ」

息を荒げながら、笹井が特別病棟の病室へと飛び込んできた。入り口にいた刑事二名も慌てた様子で笹井に続く。

「何をしているんですか、木嶋さん！」

静岡県警の捜査一課長、木嶋佳弘が、秋吉春樹の傍に立っていた。笹井は銃口を木嶋へ向ける。

木嶋の目は充血し、呼吸もはあはあと息遣いが聞こえるほど荒くなっていた。

「っ、ささ、い、か」

一言喋る度に肩が揺れる。極度の興奮状態にあるのは明らかだった。

木嶋は注射器を投げ捨て、秋吉春樹の首を絞めようとした。その瞬間、ばんという爆発音がして、木嶋は声を上げげて床に倒れ込む。

「お前、誰を、撃ったか、わかって、いるのか。俺、は、捜査一課長、だぞっ」

足を押さえて叫ぶ木嶋と、銃口を向けたままの笹井。入り口に立っていた警察官二名は、木嶋の剣幕に、どちらの味方をすべきか迷っている様子だ。

「木嶋課長が犯人なんだ！　見ただろう、さっき春樹くんの首を絞めようとした！」

笹井の言葉にハッと我に返った警官達は、床に倒れた木嶋を取り押さえにかかる。

「どういうことですか、木嶋さん、なぜあなたが秋吉春樹を殺そうとしたんですか。捜査一課長だっていうのに」

「そいつは殺さなければならないんだ！」

木嶋は眼球を開き暴れ続けた。額には汗が滲み、口からは涎を流し抵抗する。

「そうしなければ殺人の連鎖は終わらないのだ。ここでバトンを落とさなければ終わらない」

「バトン？　さっきから何を言っているんですか」

「この殺しは連鎖するんだ」

「どういうことかわかりませんが、一つだけはっきりしました。あなたが警察内部の内通者だったんですね。十六年前の妊婦連続殺人事件の捜査を縮小させた張本人。数十年の間、よくこんなことを……よくも僕達を騙してくれましたね」

警察とは正義を執行するものだ。そう信じている笹井にとって、木嶋の振る舞いは許し難い。怒りのあまり笹井は握る拳銃を揺らしていた。

「若造、なぜお前がここにいる？　なぜ俺を追いかけてきた？　俺を止めることができるとするなら、それは他でもない、深瀬肇くらいだろう」

「そう、深瀬さんだよ。深瀬さんはあんたにつけてたGPSが不自然な動きをしているって言ってきた。だから僕が来たんだ」

笹井は床に転がる木嶋に銃口を向けて叫ぶ。

「答えろ、木嶋。あんたがやったのか。秋吉航季さん、秋吉夏美さん、秋吉冬加さんを殺したのか!?」

「そう思うのか」

木嶋は興奮した瞳のまま、笹井を嘲った。

「じゃあ共犯者か？　どちらにせよ、あんたの刑事生命は終わりだ！　全て自供するんだ」

警察官二人に押さえられた木嶋は動けない。撃たれた足は血を流し続けている。木嶋はつるんとした病院特有の床に広がる自分の血を見て、しばらくして力を抜いた。その手に手錠がはめられる。

痛みで正気に戻ったのか、揺るがない事実を受け入れたのか、木嶋は呼吸を整えながら重たい口を開いた。

「最初は少し魔が差しただけだった。当時の自分は、家や土地を買った住宅ローンの返済に追われていた。出世したかった。そんなとき起きたのだ、十燈荘妊婦連続殺人事件が。結果的には被疑者死亡とはいえ、あれほど注目度の高い難事件を解決すればきっと出世できると思った」

「けど、あの事件を解決したのは深瀬さんです」

笹井も、荒れていた口調を元に戻し、銃をホルダーにしまう。

「そうだ。俺の捜査は上手くいかなかった。だったら早くそんな捜査は終わらせて、次の事件の解決を担当すれば良いと思った。だから捜査を縮小する方向で上と調整していたというのに、深瀬が独断で高倉を追い詰めた」

「身内が殺されたのに、未解決事件にする気だったんですか？　刑事が捜査妨害なんて信じられない」

「だが、結果として犯人は見つかったんだ。良いだろう？　高倉涼介が死んで一件落着だ。俺のせいで未解決になったわけでもないし、捜査妨害なんてあったかどうかもわからないだろう」

「いや、あなたは、連続殺人だとわかった後、最初の二人の殺害現場から証拠を隠滅したんじゃないですか？　高倉は、あれほど大胆な犯行を繰り返したにもかかわらず、捕まらなかった。当時の警察は捜査に行き詰まった。あの閉鎖的な十燈荘で、妊婦の殺人を続けていくためには、警察内部の協力が不可欠でしょう」

木嶋は小さく首を縦に振る。

「確かに、高倉の目撃情報を握りつぶしたこともある。だが信じてくれ。鳥谷が死ぬなんて思わなかった。まさか警察官に手を出してくるとは」

その言葉に笹井は咄嗟にしゃがみ込み、木嶋の胸倉をぐっと掴んだ。

「そういう問題じゃないでしょう。自分の身内以外は虫ケラですか。それでも警察官ですか！」

「うるさい。お前のその目は間違っている！　笹井、お前はこの事件を解決したいのか？　真相を知りたいのか」

「当然でしょう」

「やめておけ、お前如きに真実は到底受け入れられないだろう。真実が暗い口を開けて待っているぞ。お前は何もわかっちゃいない。事件の真相も、十燈荘の歴史も、全ては――」

木嶋が言いかけたところで、突然扉が開いて男が一人入ってくる。

「何の騒ぎですか。これは一体どういうことですか」

血相を変えた後藤晶だった。

「あなたは？」

笹井は白衣を着た医者に名前を問う。

「後藤です。秋吉春樹くんの担当医です。刑事さん、春樹くんが今どのような状態かわかっているんですか」

そう言って、後藤は春樹の容態を確認し、周囲の機器に問題がないことを慎重に確認していた。ひどく焦った様子だった。

同時に、警察官が看護師を呼んで、ケガをした木嶋がストレッチャーに乗せられる。手術室に運ばれていくと聞き、笹井は改めて宣言した。

「木嶋佳弘、秋吉春樹殺害未遂で緊急逮捕する。十六年前の妊婦連続殺人事件についても追及します。連行してください」警官二人は笹井に目配せし、その見張りのために部屋を出て行った。

静かになった部屋で、改めて笹井は後藤に向かって挨拶する。

「後藤さんですか。先程、同僚の野沢がご挨拶したと思います。私は静岡県警の笹井です」

野沢の名前を出すと、後藤はやっと硬くなっていた表情を緩めた。

「静岡県警って、さっきの犯人も静岡県警なんでしょう？　一体どうなっているんですか」

「申し訳ありません。警察の不徳の致すところです。春樹くんには、別の警官を見張りにつけます。到着まで少しお待ちください」

「……」

主治医は、患者が危険に晒されたことに真剣に憤っていた。その心配する気持ちは本物だろうと、笹井には感じられた。これから、後藤の嘘と間宮の嘘を暴かなければならないのだが、その前に後藤の中に命に対する誠実さを見つけられたのは、笹井にとっては救いだった。

「すみませんが、後藤さん。聞きたいことがありまして」

「ああ、はい、僕もつい取り乱してしまいました。もしあなたが来ていなければ、来るのが少しでも遅ければ、あの男は春樹くんを殺していたに違いありません。むしろ感謝すべきですよね。僕にわかることであればお答えします」

「これは警察組織としてあるまじきことです。謝罪して済むことではないですが、代表して、まずは私に謝らせてください。もうこんなことは起こさせません」

笹井の誠意を見た後藤は小さく頷く。

「笹井さんとおっしゃいましたか。あの木嶋とかいう男が犯人なんですか？　春樹くんから家族を奪ったのですか？」

「それはまだわかりません。木嶋の身長、体重は犯人像と重なります。しかし、木嶋は立場ある人間で、昨夜から今朝にかけてのアリバイがあることは確認済みです」

「であれば、なぜ春樹くんを狙ったのか……」

「それはこれから尋問していきます。先程バトンがどうこう言っていましたが、何か心当たりはありますか？」

「バトン？　特には……」

「そうですか」

笹井は若干肩を落とした。この事件には謎が多いが、ここにきて新しいキーワードが出てくるとは。あのユーザー、ｈｏｕｓｅについてもまだ情報分析官から何も答えが来ていない。

笹井は苛立ったが、後藤はそれ以上の怒りを顕わにした。

「いい加減、犯人を捕まえてくださいよ。あなた警察でしょう！」

「全力で捜査に臨んでいます。……後藤さん、あなたにとっても秋吉家の存在は特別だったんですよね。同級生だったと伺っています」

この話を皮切りに、笹井は後藤の嘘を探り始める。

「先程の行動を見れば、あなたにとって春樹くんがどれだけ大切な存在なのかわかります。必死に繋ぎ止めた命ですからね」

笹井の切り出し方に、後藤は沈黙した。

「これは秋吉航季さんの司法解剖時の写真です。ここ、腹部に刺し傷がある。あなたはご存じですよね？　当時秋吉さんはあなたに連絡をし、あなたにこっそり処置してもらったのではないですか？　何故なら、明らかな刺し傷だというのに、警察側に病院からの通報記録がないんです」

後藤は唾をごくりと飲んで答えた。

「はい、その通りです。ちょうど一年ほど前、深夜を回った頃でしょうか。あいつから連絡がありました。包丁が腹に刺さったままの状態で運転して家まで来て……意識は朦朧としていましたし、ひどい出血でした。流石のあいつも、まともに立ってはいられない状態でしたね。当然、どうしたのか、繰り返し理由を聞きましたが、あいつは一切答えなかった」

「それはそうでしょうね。誰が刺したかなんて言えるわけもありません。警察沙汰になる」

「それもご存じなのですね」

「刺したのは妻の秋吉夏美さんで間違いありませんね」

「ええ、おそらくはそうでしょう。最後まであいつの口から聞くことはありませんでしたが。誰かを守るためなのは、見ていればわかりましたよ」

「警察としても調査中ですが、やはり不倫を疑われて刺されたのだと思われます」

「航季がですか？　ありえません。あいつは家族や夏美さんをとても大事に思っていましたから。ずっとそういうまっすぐで堅実な男でした」

だから、刺されても何も言わなかったのだろうと後藤は付け加える。確かに、その話は筋が通っている。

では質問です、と笹井は続けた。

「航季さんは、二年程前から、週末になるとよくゴルフに行くと言って外出をしていたそうです。

しかし藤市唯一のゴルフ場にゴルフクラブは放置されていました。記録を見る限り少なくとも藤ゴルフクラブには二年以上行っていません。ではどこに行っていたのか？　誰かに会っているような話を聞いたことはありませんか」

「いいえ、そんなこと初耳です。見当もつきません」

「その結果、不倫を疑われて刺されたわけですね。それでも、航季さんは夏美さんの罪を隠した。同時に、週末の外出をやめなかった。自分なら、どこに行っていたのか、何をしていたのか、やましいことがなければ潔白を証明するでしょう。では、刺された前後の航季さんは夏美さんになんと説明したんでしょうか？　堅実だった父親がひた隠しにする秘密とはなんなのでしょうか」

「確かにそれは不思議です……。でも、僕にはわかりません。かつては同級生で仲が良かったですが、六年前に再会したときからは、時々あいつの自宅で会う程度です。病院に来た時だって久しぶりでした」

笹井は歯を食いしばった。

「では春樹くんについてはどうですか。暴力的だったという話を聞きました」

「確かにそれは夏美さんも悩んでいたようです。いつも不機嫌で、ものに当たることもあったとか。もともとは受験の失敗とかで、心に蓋をするように塞ぎ込んでしまって。家族との間に距離が生まれてしまったのでしょう。明るい性格だったんですけどね」

「後藤さんは、ＣＨＡＯというオンラインゲームをご存じですか？　世界的に流行っているようで、春樹くんはそのゲームに夢中だったと聞いていまして」

「いえ、そういうのには疎いもので。耳にしたことがありません。春樹くんとはもう何年も話していませんし、春樹くんが、何が好きで何が嫌いなのかもわからないです。秋吉家でのバーベキューの際にも部屋から出てきませんでしたし。久しぶりに会えたと思ったらこんな形で、本当に複雑な気持ちです」

「あなたは、春樹くんが自宅の二階にいたことは知っていたのですね?」

「はい、自分の部屋に引きこもっていると、航季から聞いていました」

なるほど、と笹井は頷く。もし後藤が犯人なら、秋吉春樹を殺し損ねることはない。今だって、唯一生き残った少年を本気で心配している姿勢が伝わってくる。

「では最後に聞きたいことがあります。調査の結果、あなたには秋吉一家殺害の疑いがかかっています。その理由に心当たりがありますよね?」

「……」

即答できなかった後藤に笹井は指摘する。

「夜、藤公園にて中高生を、いえ秋吉冬加を見ていた怪しい男がいたとの証言があります。それはあなたですよね」

野沢が写真を見せて確認した事実を突きつける。後藤は眉を顰めて少し俯いた。

「はい、それは僕で間違いありません」

「どうしてそんなことをしたのですか? 当然、疑われるに値します」

「刑事さん。僕は心のどこかで疑っているんです。冬加ちゃんと春樹くんの母親は、間宮成美なのではないかと」

「どういうことですか」

笹井は思わず立ち上がった。後藤は力なく話し出す。

「航季が十燈荘を離れるよりもずっと前から、僕は間宮成美に人知れず好意を持っていました。成美がストーカーしていたのは事実です。でも、それでも僕は成美に惹かれていました。何故航季なんだと思っていました。いえ、ずっと三人でいたのに、成美が航季を選んだから、余計にこだわってしまったのかもしれません。ストーカーを止めようとしたのも、航季と成美を引き離したかったのだと、今ではそう思います」

間宮は、後藤によりを戻そうと言われて断ったと笹井は聞いている。ただし、その際に堀田まひるの母親の写真は受け取ったと。その情報の裏取りは難しいと思ったが、どうやら事実らしい。

「そして、大学生になった僕と成美は交際関係になった。付き合いを続けて子どもも授かったんです。しかし、成美から流産したと一方的に電話で告げられ、それを境に連絡は途絶えました。子どものことは当然気になりましたが、成美から離れてみると、どうしてあんなに執着したのかわからなくなったんです。何が魅力的だったのか、今でも思い出せません」

「しかし、あなたは十燈荘に病院を開いた間宮さんに、また接触したそうですね。よりを戻そうと言ったのでしょう?」

「はい、そうです。でもそれは、子どものためです。あるとき、入院中の患者さんに『お子さんは?』と聞かれてふと気づいたんです。航季の子どもの年齢は十五歳。僕と成美の間の子どもが生まれていたら、同じ年齢でした。子どもの頃アトピーがあったのも僕と同じです。そうしたら、春樹くんは僕に似ているような気がしたり、冬加ちゃんはどこか成美に似ているような気がしたりと……患者さんと話していたら、そんな思いに囚われてしまいました」

「ありえないでしょう」

「わかっています。でもそう思ってしまったんです」

笹井が正しいと言いながらも、後藤は頑迷な誤認を手放せないでいるようだった。

「間宮成美と秋吉航季があなたと同時期に男女の仲で、その子どもを、赤の他人の秋吉夏美と育てていたというのですか。それが秋吉家の真の姿だと」

笹井の脳裏に秋吉冬加が友達に言ったという言葉が浮かんできた。うちの家族は全部作り物。だから娘は母親に反発し、息子は引きこもりになったというのか。

「思えば何の根拠もありません。おかしな話ですよね。僕だってそう思っていましたよ。でもそんな時、たまたま藤公園で冬加ちゃんを見かけて、それから時々見つめていたのです。成美の片鱗を感じるようで、気がつけば何時間も経っていました」

「だからあんなに必死に春樹くんを想うんですか。でも現実も見てください。DNA鑑定をしたわけでもないんでしょう。あなたはいつまで間宮成美の呪縛の中にいるのですか。航季さんのように、時には逃げる勇気も必要だったのではないですか」

「でも、子どものことを放っておけないのです。もう春樹くんには父親がいません。僕が守ってあげないといけない」

「あの子を自分の子どもだと思い込んでいるようでは、保護者の資格はありませんよ。それは春樹くんをもっと傷つけます。あなたもまた間宮成美という女に翻弄され、マインドコントロールされていたんじゃないですか？　彼女は心理学の権威です。男の心を操るなんて容易いのでは？」

後藤はその言葉を噛み締めるかのように口を噤む。

「そしてあなたは、間宮さんに接触した。航季さんの腹部に傷があることを教えたのもあなたですね。なんとか話題をひねり出したかったんでしょう。その際、要求された通り、堀田まひるの母親の写真を渡した。それが何に使われたのかご存じですか？」

「いえ……でも、何に使えるんですか？　堀田ゆうこさんは、よく入院しに来るので知り合いになった認知症の患者さんですよ。僕が独身だということを随分気にかけてくれて、近所の子を紹介するとか、色々言ってくれている人です。もちろん、今も入院中ですから、本気にしたわけじゃありません。ただ、一緒に写真を撮りたいとおっしゃったので、たまたまそういう写真があった。わざわざ成美のために撮ったわけじゃないので、気軽にあげてしまっただけです。今回の事件に関係あるわけないでしょう？」

「間宮さんは……いや、この件はまだお話しできません」

笹井はそう告げて、後藤と別れて病院を出た。後藤が重要参考人であるのは確かで、捜査本部に一報を入れておく。

「ただ、後藤さんは冬加ちゃんと春樹くんを殺せない……」

あの思い込みでは、後藤が二人を殺したという結論にはならない。

後藤が間宮に渡した写真は、堀田まひるを脅すのに使われている。その結果、秋吉夏美は『じゅっとう通信』で悪し様に言われていた。しかしその延長線上で秋吉一家が殺されたという道筋はまだ見えてきていない。

「情報が足りない、それはわかる」

笹井は頭を捻った。

野沢から聞いた話では、間宮と後藤の話は矛盾していた。しかし今聞いた話である程度筋が見えた。

後藤から間宮に接触したのは本当だった。間宮と後藤がかつて交際していたのも本当だった。しかし、流産した経験があるとは。これは間宮の口から聞けなかったので、真実かどうかわからない。しかし、その話を元に後藤は、秋吉家の双子が自分の子どもであるかのように錯覚していた。

ただ、それ自体は間宮が吹き込んだものではないようなのだ。写真の件で、後藤が間宮に使われたのは確かだし、不可解な思い込みはある。ただ、後藤が間宮に依存しているようには見えなかった。

心療内科医の間宮は、昔から相手の心を操るような言動ができたと後藤は言う。しかし、先程野沢から聞いた話では、間宮自体も何かにコントロールされている可能性があるとのことだった。

「深瀬さんは、犯人が誰かわかったのか？」

木嶋が逮捕されるのを深瀬は見越していたように思う。しかし、秋吉一家を殺した犯人はまだ特定できない。笹井は報告を軽くまとめて県警本部に送ってから、自分の車に乗り込む。

「行かないと」

深瀬は現場に戻ると野沢が言っていた。だから行けば会えるだろう。始まりの場所、秋吉家に。

二十

深夜二時。笹井が秋吉家に到着したとき、既に深瀬の車が停まっているのが目に入った。玄関前で見張りをしている警官に挨拶し、中に入る。

現場は今朝見たそのままの状態で独特の空気を放っていた。一階で深瀬の姿を見つけられず、笹井は二階に向かった。人の気配がするのは秋吉春樹の部屋だった。

静かに入り、挨拶もしない。深瀬が天井を向いて、まるで家と対話するように独り言を言っているのを邪魔しないためにだ。

改めて見回した春樹の部屋は雑然としており、ゲームが一時停止の状態のままで置かれている。情報分析官がここに来てアクセスしたらしく、午前七時に止まったチャットは何日も遡った状態で表示されていた。

その画面を見るに、春樹は特定のユーザーと仲良くゲームを楽しんでいたようだ。

「やはり春樹くんは、このアカウントと頻繁にやり取りしていたようですね」

「ｈｏｕｓｅ」

そう深瀬が声を発した。

「県警の分析で何かわかったんですか。ＩＰアドレスから人が特定できたとか、あるいはチャットから……」

「静かに」

深瀬は画面から目を離し、窓のカーテンを開けて外を見た。

「来たな。これで事件の全てが繋がった」

「えっ」

笹井が驚きの声を上げたとき、一階のリビングで物音がした。どぶどぶと何かがかけられるような音や、食器や割れものが落ちる音。笹井は素早く拳銃を構えて部屋を出て、深瀬の前に立って階下を見下ろす。

一階のリビングに誰かがいるのが見えた。赤いタンクから大量の灯油を至るところに撒いている。どこか鼻歌のような声も聞こえてくる。笹井は階段から静かに下りると男の背後に立って銃を構えた。

「手を上げろ、警察だ。ゆっくりと振り向け」

男はぴたりとその場で止まり、振り返った。それを見た笹井が汗を滲ませる。

「何をやっている。見張りの警官は？」

「ああ、一人きりでしたからね。後ろから殴ったら倒れましたよ。処分方法も考えてあるんです」

「随分と楽しそうだな」

深瀬は驚きもせずに淡々と告げる。

そこにはリノベーション会社リノックスの営業担当である前川隆史が立っていた。前川は持っていた灯油を頭から浴びると、タンクを床に投げ捨てた。肩甲骨を回すようにストレッチする。

「ふううう、刑事さん。ここにいらっしゃったとは、そういうことでしたか。どうやら私達は運命共同体のようですよ」

「どうなってる！　あんたが犯人なのか？」

笹井は思わず大声で叫んだ。前川は自ら灯油を浴びている。これから何をしたいのかは明らかだった。その笹井の前に立ち、階段からゆらゆらと深瀬が降りていく。冷たい空気が深瀬の周りを覆っていた。

「お待ちしていました、前川さん。この家を燃やすつもりとは、大胆ですね」

「深瀬さん。私が秋吉さんを殺したといつ気づいたんですか？　動機を説明できますか？」

「できますよ」

深瀬はあっさり言った。笹井は混乱したまま、前川に向かって叫ぶ。

「認めるんですか？　あなたは、航季さんと友達だったんですよね？　一緒にＤＩＹしたり、バーベキューしたり、笑い合って、ここにある家具だって一緒に作ったんですよね？　そんな人達をあんな風に殺して、思い出の詰まった家具にも灯油をかけて。いったい何をやってるんですか！」

あまりにも理解不能で笹井の銃を持つ手は震えている。

「笹井、言ったはずだ。俺達が相手にするのは怪物だと。良心なんてあると思うなよ」

深瀬が笹井に告げる。

「でも、前川さんがみんなを殺したんですか、信じられない。じゃあｈｏｕｓｅは……？」

前川は油を被って乱れた髪を整え、深呼吸する。その間に、深瀬はまた一歩前川に近づいた。銃は持たず、両手を空けている。

「動機はあまりにも単純だった」

深瀬の語り出しに、ぴくりと前川の眉が動く。

「その単純さを隠すために、あの殺害方法を選んだんだろう。秋吉航季さんは静岡青葉銀行の融資課に勤める銀行員だ。この書類の数字が全てを教えてくれたよ」

そう言って深瀬は資本計画と書かれた紙を、前川に突きつける。

「これはあなた自身から渡された、秋吉航季が自宅を買う際に作成された資料です。航季さんがあなたと共に作成したものです。けれど、これは実態とは異なっていますね」

そこから、深瀬の口調が厳しくなっていく。

「休日だから銀行側の資料を吐き出させるのに苦労した。実際に秋吉航季に融資をした銀行は、別の数字を出している。お前は、自宅の購入時やリノベーション時の施工業務と業者の発注費を抱き合わせ、資本計画に水増しして客と契約していたんだ。つまり、横領を働いた。秋吉さんも、当初は気づかずに契約してしまった」

しかし、と深瀬は続ける。

「十燈荘は高級別荘地だ。秋吉航季さんは、そこに住み続けるのは苦しかった。毎月十万もの自治会費を出し続けるのは大変だ。それで妻はパートに出るようになった。家計を見直した秋吉さんは、そもそもの資金計画のおかしさに気づいたんだろう」

「秋吉さんは利用されていたってことですか」

笹井が訊いた。

「全ては私利私欲のため。友人だろうが気が合おうが、秋吉航季も例外ではなかった。秋吉さんは不正に気づき、お前を呼び出した。その場所が藤湖の湖畔だったのは、人目のあるところで話をしようと思ったんだろう。現に、秋吉さんと誰かが揉めていたという目撃情報が県警に届いている。写真を見せたら、お前だったよ。そこで疑念が確信に変わった。他の誰にもあんな猟奇殺人をする動機はない」

「随分曖昧な根拠ですね」

「不正をしていたことは認めるんだな？」

「仕方なかったんですよ、刑事さん」

笹井は前川が落ち着き払っていることに恐怖していた。これから死のうという人間には見えない。あるいは、灯油はブラフで、逃げる気があるのだろうか。だとしても、十燈荘には検問が敷かれている。唯一の道、藤湖トンネルを通って逃げられるわけがない。

「私みたいな優秀な人間が、あれっぽっちの年収で我慢できるわけがないでしょう？　なのに会社ときたら、地位を用意するだけで給料は横ばいだ。まったくふざけてる」

「だからって、客の金を横領して良いわけがないでしょう」

笹井が聞くと、前川は舌打ちする。

「私は十分な仕事をしてきた。だから、客の方が自分から余分に払うと言うべきだったんですよ。秋吉さんも同じだ。私が、十燈荘の土地を確保して、住めるようにするのに、どれだけ労力を払ったと思っていたのか。移住希望者の殺到する十燈荘なんだ。しかも、十燈荘エステートの奴らはリベートを払うと持ちかけても、自治会の決めることだからと役に立ちやしなかった。じゃあ自治会長に話をつけようと思ったら、自治会長はいないときた」

「十燈荘内で、お前は色々声をかけたんだな。十燈荘エステート、藤フラワーガーデン、クリニック間宮。役に立ったか？」

「ああ……。有意義な出会いもあった。それで私は、この家を焼くことにしたんです」

「何を言っている？」

論理がまるで通っていない台詞に笹井は震撼する。前川は既に正気ではない。

ここに自分達がいると前川は知らなかったのだ。笹井と深瀬が来なくても、灯油を使って家と共に焼身自殺するつもりだったとしか思えない。けれど、まだ犯人として特定されていない段階でそんな行動に出るのはおかしい。まさか、マインドコントロールされているのだろうか？

笹井の疑問に当然深瀬は気づいているようだったが、彼は推理を続ける。

「お前が秋吉さんにどう話したかは知らない。秋吉一家のスマートフォンは未だ見つかっていないからな。携帯キャリアのメッセージログも、秋吉さんからのものしか残っていなかった。不正を追及され、返信が証拠になることを恐れて、電話のみで会話したんだろう」

「そこはアタリですね。それで？」

「お前は藤湖の湖畔で、打開策がある、何かの間違いだ、とか調子の良い言葉を並べ、十月十日に秋吉家に行く約束をした。だがお前には話し合う気もなければ、自身の罪を認める気もさらさらなかった。あるいは、自首の相談がしたいと言ったのかもしれないな？」

そして、秋吉航季はあなたに友情を感じていたため、一度家に入れた。そう深瀬は解説する。

「秋吉家に到着したお前は、ペットボトルのお茶でも出したんだろう？　秋吉家の台所は水滴一つなかった。秋吉夏美はお前に茶を出したりしなかった。秋吉夫妻はお前の不正を二人で追及するつもりだった」

「そう、浮気がどうこう言ってたくせに、あの時だけは協力するとか、金の力は怖いですね」

「それは夫婦愛ってものじゃないんですか」

笹井は思わず口を挟んだ。しかし、前川はなんら表情を動かさない。

「秋吉航季と秋吉夏美には、睡眠薬を注射された形跡があった。しかしその前に、お前の出した飲みものに睡眠薬が入っていたんだろう。鑑識からは二種類の睡眠薬の痕跡があったと報告されている。書斎に睡眠薬の瓶をわざと残したのは、注射のみで眠らされたと思わせるための撹乱だな。秋吉夫妻に毒を飲ませられるほど親しい人物は限定される」

「そして猟奇殺人に見える方法で殺して、殺害動機を警察に悟られないようにしたってことですか。それで、あんなひどい殺し方を……」

笹井は絶句しつつも、リビング前の廊下で向かい合う二人に近づいた。

「じゃあ、冬加ちゃんは……」

「そう。あの日、予期せぬことが二つ起きた。一つ目は秋吉冬加が不運にも帰ってきてしまったこと。二つ目は、二階に秋吉春樹がいたことだ。ここからは言うまでもない。秋吉冬加が戻ってきたので慌てて殺した。睡眠薬を注射せず、着ていたダンスの衣装もそのままに、ワイヤーをヴァイオリンの弦に見立てたので、現場がちぐはぐになった。そしてお前は二階に行かずに焦って家を出た。表札の傍に血がついたのはその時だな。慌てて擦ったが、血の跡を消していくほどの余裕はなかった」

「えっ、じゃあ春樹くんは？」

「前川は秋吉春樹に危害を加えていない」

笹井の問いに深瀬が答える。そうですよ、と前川も続けた。

「不登校とは聞いていたけれど、親戚の家にいるとあの女が嘘をついたから、まさか二階にいるだなんて思ってもみなかった。まあ、邪魔しにも来なかったけれどね。大方、ヘッドホンをしながらゲームでもしていて、家族が殺されてるのに気づきもしなかったんでしょう。ひどい話だ」

「お前がそれを言うな！」

笹井が怒鳴る。しかし、前川は肩をすくめるだけだった。

「そもそも、証拠があるんですか？」

前川はうつろな目をしたまま声を発した。笹井は興奮し息遣いが荒くなっていく。その二人に挟まれながら、深瀬は感心するかのように手をゆっくりと叩く。

「いいや、お前の犯行は見事だった。購入したゴルフボールぐらいしか物的証拠はない。ただ横領の事実は十分な動機だ。そしていま殺害現場に現れ、灯油を撒き散らした器物損壊」

「そんなのじゃあ、懲役刑になるかも怪しいところですね」前川が笑う。

「俺のやり方でやろう。お前を八つ裂きにしてやる」

そう言うと深瀬はポケットからナイフを取り出した。

「やめてください！」

息を荒げた笹井が叫んだ。

「撃てないですよね。そっちの刑事さんは。だって、撃って引火したら深瀬さんまで燃えますよ。深瀬さんは……どうかな？　一緒に死んでくれますか？」

「何故そんなことを！　逃げればよかったのに、わざわざこの家を燃やしに来るなんておかしいじゃないか！」

「お前達が俺を馬鹿にするからだろう！」

突然、前川が激高する。

「俺のようなエリートに疑いをかけること自体がおかしい。なのに、色々探って来やがって！　低脳どもが！」

前川の変化に笹井は困惑する。しかし深瀬は冷静なままだった。

「それを、誰かに吹き込まれたのか？　警察に仕返ししろと、証拠ごと燃やしてしまえと。あなたという証拠ごと燃えてしまえば捜査は止まる。そう、十六年前も証拠が足りずに事件は追えなかった」

「ははは、そう、そうだ。お前は死神だ。死神にするのは俺だ」

「……深瀬さん、応援を呼びます。我々だけの対処は不可能です」

笹井はそう言って、深瀬の返事を待たずに片手でスマホを取り出した。逆の手で拳銃は構えたままだ。

「前川隆史、お前を秋吉航季、秋吉夏美、秋吉冬加の殺人容疑で緊急逮捕する」

深瀬がそう告げると、前川は内ポケットからライターを取り出した。再び以前の冷静な前川が戻ってくる。その奇妙な変化が恐ろしい。笹井は焦りながら県警に小声で要請を入れた。前川の口調はもう冷静だった。

「ところで深瀬さん。この状況、何か思い出しませんか？　十六年前のあの日と同じですよ」

唾をごくりと飲み込んだ深瀬の額に汗が流れる。高倉涼介が自らに火を放ったあの日の情景が、煙の臭いが、深瀬の脳裏には鮮明に蘇っているのだ。目が泳いでいるのが笹井にもわかった。

「お前に、お前如きにあの日の何がわかる？」

深瀬は唇を震わせ目を充血させた。

「良いですね、その表情。まさに死神だ。あなたはバトンを持っている」

「バトン……？」

それは、秋吉春樹を殺そうとした木嶋も呟いていた言葉だと笹井は気づいた。思えば木嶋も言動がおかしかった。前川も、そして間宮や後藤も。どこか正気でない行動を取っている。

一体その裏に誰がいるのか。家族が殺された後、一人家にいた秋吉春樹を殺そうとしたのは誰なのか。

「知っていますか、深瀬さん。藤湖が映し出す水鏡には反対の姿が映し出されると言われているんです」

「何故いま藤湖の話を……」

笹井がそう言葉にする。深瀬は、今は何も話せないようだった。

「全ては藤湖が美しいから。湖面に映るものは嘘と真実、光と影、悪と正義、表と裏、生と死。秋吉家だけじゃない、みんなが偽りの顔を持っている。私は悪ですか？　いつだって、正義の反対側はその近くにありますよ」

「何が言いたい？　お前はどうして、これが、十六年前と同じだとわかるんだ？」

笹井の問いは無視され、前川は深瀬だけに語りかける。何人もの相棒を殺された深瀬の傷に、すり込むように語っているのだと笹井は気づいた。やはり、深瀬は誰かに狙われている。深瀬の周囲の人間を傷つけることで、深瀬を死神たらしめた人物がいるのだ。

「一度行ってみてくださいよ、藤湖に。深瀬さんがどんな姿で映し出されるのか、興味がありま す」

そう言うと前川はゆっくりとライターを落とした。棒立ちする深瀬を笹井は咄嗟に引っ張り、リビングの窓ガラスを撃った。割れたそこから脱出する。

撒かれた灯油に引火した火は一気に燃え上がり、一家の思い出の詰まった秋吉家はあっという間に炎に包まれた。黒い煙と焦げた臭いが十燈荘中に広がるまで時間はかからなかった。

「深瀬さん、しっかりしてください！」

咳き込みながら笹井はスマートフォンを取り出し、消防に連絡する。無気力になった深瀬の目に、燃え上がる秋吉家が映っていた。

二十一

およそ三時間後、秋吉家を襲った炎は消火された。全焼した家の跡からは灰を被った家族写真が見つかり、それは県警本部に持ち込まれた。現場からは前川隆史と思われる焼死体も発見された。司法解剖に回されるだろうが、当人で間違いないだろう。これにより十月十日に起きた秋吉一家三人殺人事件の被疑者は前川隆史として大きな区切りを見せた。

静岡県警察本部は『被疑者死亡による事件解決』のための記者会見の準備を進めていく。その中で、一課長木嶋佳弘の逮捕については伏せるという刑事部長の方針に、特別捜査本部のほぼ全員の捜査員達は不満を持っていたが、それでも表だって文句は言えなかった。まだ秋吉春樹を殺害しようとした犯人が捕まっていないからだ。木嶋から、その繋がりは見えるものと思われた。

火災現場にいた刑事二人は、脱出したがすぐにその場から離れられなかったことにより軽傷を負っていた。笹井は軽度な火傷、深瀬は煙を吸ったことによる軽度な一酸化炭素中毒と診断され、救急車で搬送された。

「う……」

藤市民病院の病室で飛び上がるように起き上がった笹井は周りをぐるりと見渡した。隣のベッドにいるはずの深瀬がいなかった。顔を上げると、医師の後藤が傍にいた。

「深瀬さんは……」

後藤は黙って首を振る。壁の時計を見ると、既に朝六時半になっていた。


午前七時。静岡県警察本部は記者会見の準備に追われていた。そんな中、管理官の大中のスマートフォンが鳴る。

「大中管理官か？　深瀬だ」

「深瀬、大丈夫なのか」

大中は周りを気にしながら声を顰めた。

「今どこにいる？　勝手に病院を抜け出したと聞いたぞ」

「当然ながら、十燈荘です。管理官、俺と取引しませんか。これから記者会見を開くんですよね。どうせ木嶋のことは伏せるつもりなんでしょうが」

「全ては上の判断だ。仕方ないだろう。警察への信頼が失墜することは何としても避けなければ」

「大中さん」

深瀬は呼びかける。

「俺は、あんたは木嶋とは違う人間だと思っていた。だから臨場した時に、木嶋ではなくあんたに連絡をしたんだ。強気に振る舞う木嶋の傍にいて、居心地が悪かったことは知っている。木嶋の逮捕については、俺から暴露することもできるが我慢してやる。だから一つ頼み事を聞いてほしい」

「我慢するだと？　どういう物言いだ。私は管理官だぞ。お前の上官なんだ。わかっているのか？」

深瀬は先刻痛めた脇腹を少し押さえながら、ゆらゆらと歩いて進んでいく。

「わかっている。そしてこれは県警の威信を保つための提案だ。藤湖トンネルを完全封鎖しろ。誰も出すな。誰も入れるな」

「何を馬鹿なことを。藤湖トンネルを封鎖すれば十燈荘は外界から完全に孤立する。それじゃ住民が生活できない」

「だが、犯人はまだ十燈荘内にいる。木嶋と前川の共犯者。いや、間宮や後藤とも縁のあるその人物が、まだ」

「しかしライフラインが……私達は誰よりも県民の安全を」

「建前は良い」

深瀬は大中の発言をバッサリと切る。

「そもそも十燈荘の住民達は、災害など不測の事態に備えて、自宅に馬鹿でかい業務用冷蔵庫や冷凍庫を備え付け、食料を備蓄しているんだろう。『じゅっとう通信』と呼ばれるネット掲示板でもアナウンスできるはずだ」

「それはそうだが、記者会見で被疑者前川隆史の死亡を発表すれば、県民は安心するんだ。お前もよくやった。今後のお前の処遇は私が最大限に考慮する」

「それで、殺人未遂犯を一人逃がすつもりか？」

深瀬は電話口で凄んだ。

「俺はこれまで一人でやってきた。あんたが警察組織の立場にしがみつくのも良いだろう。だが、鳥谷さんが信じた警察を俺も信じたい。俺達は過去から逃げてきた。そうだろう？　あんたは木嶋がおかしいと気づいてたんだろう？　だから距離を取っていた」

大中は手を震わせながら唇を噛み締めた。

「お前らしくないことを言うな、深瀬。お前、俺に神の通り道を封鎖しろというのか」

「神の通り道、あんたもオカルトを信じているのか」

「信じているわけじゃない。神ってのは十燈荘の住民達だ。あそこには、本当に国を動かせるレベルの人間が住んでいるんだ」

「だが、具体的にどこかから圧力があったわけじゃないんだろう。勝手に忖度して権力におもねるな。……野沢の方がマシだな。神の居場所であるあの山を開発したから、十燈荘は呪われたという解釈の方が。とにかく、これ以上死者を増やしたくないならとっととやれ」

「まだ死者が出るというのか？」

「出る。それに、もしやらなければ一連の事件の隠蔽を告発する。警察内部の不祥事については、この十数年で溜め込んだ録音や証拠がある。木嶋一人に全ての罪を被せる気か？　俺を敵に回さない方が良いぞ、管理官」

「おい……私を脅すのか？　深瀬、お前の邪魔はしなかったはずだぞ。単独捜査も認めて、散々目をかけてやった」

「俺はあんたの面子なんて見ちゃいない。ずっと鳥谷さんの背中を見ているんだ」

「鳥谷……」

懐かしい名前に管理官は唾をごくりと飲み込んだ。その間に深瀬は通話を切った。

「さて……」

深瀬は少しふらつきながら歩き、その扉を開けた。からんからん、と音が鳴る。

「またこんな時間に」

藤フラワーガーデンの店長、堀田まひるが朝一の来訪者の深瀬を見て呆れた表情を作る。

「朝のニュースで犯人が逮捕されたって聞きましたよ。それは良かったです。安心できました。でも、夜の火事で、もうこっちは大変なんです。十燈荘のお客様は、皆さんとても怖がっていらして、お花を届けるついでに、安心できるようお話ししなくちゃならないんです」

「なるほど。この花屋、花を届けるだけでなく、悩み相談もやっているんですか。先代から」

「それも知っているんですか？　私は母ほど皆さんに慕われてないですけど、まあ時々頼られることもありますね」

「そうですか。ところで、今は朝七時です」

深瀬はチラリと店内の時計を見た。

「昨日は、朝四時に起きて仕入れのために出かけて、八時頃に帰ってきたと聞きました。今日は仕入れは良いのですか？」

「毎日行くわけじゃありません」

「朝七時と言えば、秋吉春樹が首を絞められた時間ですが」

「私を疑ってるんですか？　ありえないですよ。市場の防犯カメラを見れば、私が昨日朝七時に、秋吉さんの家にいるわけがないことがわかるはずです。……今回の件は、起きてしまったことは悲しいですけど、あとは春樹くんの意識が戻ることを祈るばかりです」

堀田は、自分のアリバイと秋吉春樹への気遣いを一気に語った。あまりに自然に話をすり替えていく。けれど深瀬はその話術に騙されなかった。

「全てあなたのシナリオ通りなのですよね」

そう言って、店内の椅子に勝手に座る。

「私としたことが、見落とすところでしたよ。全て、最初から、あなたの手のひらで転がされていたのだとね」

深瀬は額に手をあてた。

「シナリオ？　何をおっしゃっているんです？」

「そうですね。最初は、血痕の違和感についてお話ししましょうか。昨日の朝、秋吉家の表札の傍には血の跡がありました。擦って指紋を消したような。なかなか目立つ位置にありましたが、これをあなたは見なかったと言っていた」

「気づかなかっただけです」

「そう、その時点で気づいていれば、あなたは家に入る前に通報できたはずです。しかし、気づいていないからこそ家の中に入れた。そして、秋吉春樹を絞殺できた。……これが最初の推理です」

「間違っていますよ。深瀬さん、優秀な方なんでしょう？」

「ええ、間違いは認めます。真実はもっと複雑で、奇怪なものでした」

少し昔話をさせてくださいい、と深瀬は話し出す。

「今から十六年ほど前。こんな私にもたった一人、信頼できる人間がいました。私の最初の相棒で、鳥谷元也という先輩刑事です。鳥谷と私は当時、十燈荘妊婦連続殺人事件を追っていました。この町に住む妊娠中の女性達ばかりを無差別に狙った凄惨な事件。犯行時刻は夜。殺害現場は妊婦の自宅。殺害方法は刺殺。彼女達は繰り返し刺され、殺されていた。にもかかわらず十燈荘に住む住民は非協力的だった。閉鎖的な小さなコミュニティが事件解決を難航させ、鳥谷夫婦も犠牲になった。私は約一年がかりで犯人のうち一人を追い詰めましたが、なぜか静岡県警の木嶋は捜査をそのまま縮小させるよう上に働きかけて、全ての殺害を高倉涼介の犯行だと安易に断定した。事件は被疑者死亡で事実上の解決となった。納得できなかった私は事件の捜査を続けた。なぜ鳥谷さんの奥さんが妊娠していたことがわかったのか？　なぜ鳥谷さんは殺されたのか？　そもそもなぜ妊婦が狙われたのか。そしてその後に続いた俺の相棒の死は、本当に無関係なのか。

その全ての答えは、この十燈荘にあるはずだと思ってきました」

「随分、昔にこだわってきたんですね」

堀田は深瀬の方を向かず花束を作り始めた。深瀬の語りを、まるで作業用のＢＧＭのように扱う。

「私にとっては昔ではない。今も続いていることですから」

深瀬も堀田の態度を咎めず、話は静かに続いていく。

「そして時を越え、再び殺人事件が十燈荘で起きた。仲の良かった、ごくありきたりの家族が、愛した自宅で特異な状態で見つかった。だが、調べるうちに秋吉家にはもう一つの側面が存在することがわかった。これも、よくある話なんでしょう。そのことに大した意味などなかった。重要なのは、その裏の顔を知り得る人間の犯行だと思わせることだった」

「犯人は捕まったんでしょう？」

「ええ、そうです。実行犯はリノベーション会社リノックスの営業担当の前川隆史だった。あなたが名前を出した人物です。前川は横領に手を染め、ローンを水増しして秋吉航季に契約を結ばせていた。秋吉航季はそのことに気がつき、全てを公表すると前川に詰め寄った。けれど秋吉航季は前川から交渉の話を聞くために家に招き入れてしまった。大事な、家族を守るはずだった家の中に」

「前川さんはそんな人だったんですね……。バーベキューでもお会いしましたし、とても楽しい方だったので驚きました」

堀田は回顧するかのように呟いた。

「前川は、十燈荘の土地を買うために、十燈荘内で積極的に顔を売っていたようです。あなたも、秋吉家で前川さんに会う前から面識があったのではないですか？」

「それを確かめることはできませんよね」

堀田の手元では、白い花束に綺麗なリボンが結ばれていく。深瀬はその手つきに動揺が見られないことを見て確認した。

「秋吉さんは、家族の暮らす大切な家を守りたい、その単純な想いを踏みにじられたんです。私利私欲に塗れた人間による卑劣な犯行でした。しかし、前川の交友関係では、睡眠薬を手に入れる伝手はなかったはずです。共犯者がいる」

「確かに、睡眠薬なんて、そんな簡単には手に入りませんよね」

当然自分もだと堀田はその言葉に含みを持たせた。

「睡眠薬を提供したのは間宮成美でしょうね」

「私を脅してきた人ですよね。その人が共犯なら、早く逮捕してほしいです」

「間宮は昨日警察に保護されています。連絡がつかなくなったでしょう？」

「私がその人に連絡を？　どうしてそんなことをする必要があるんですか？」

「あなたは天才的な教唆犯だ。心療内科医の間宮ではなく、あなたが」

深瀬はそう断定した。

「直接的ではないものの、あなたはこの事件の関係者全てと関係があった。笹井も気がついていましたが、クリニック間宮で出される赤いハーブティーは、この藤フラワーガーデンで栽培されたものですよね。接点はあったわけです。十月十日の朝、『じゅっとう通信』でのやりとりを全て消すよう、何らかの方法で指示したんでしょう。あなたと間宮成美の間に通話履歴は見つかりませんでした。けれど、足がつかずに連絡する方法はいくらでもある。あなたは、昨日まで間宮とこっそり連絡を取っていたはずなんです」

「そうなんですか？　でも、どうしてそんなことをする必要があるんです？」

「無論、警察の捜査を撹乱するためです。接点を並べましょうか？　間宮とあなたは秋吉夏美を炎上させた共犯だ。そもそも脅迫は存在しなかった。メッセージが消えている今、あなた方がどういうやり取りをしたのかは定かではありません。しかし、その時使われた母親の写真は、わざわざ間宮が後藤から手に入れたものでした。自分でも撮れるのに」

「そうですよ。何故簡単に手に入るものに、そんな複雑な手段を使う必要があるんですか？」

「それは、あなたと後藤に接点があるのを誤魔化すためです。後藤は、入院中のあなたの母親と親しくなっていた。笹井の報告では、後藤は患者との会話で秋吉家の双子が自分の子どもかもしれないと思いついたと言っています。しかし、これはあなたの誘導があったのではないですか？　母親の見舞いで、あなたは後藤と接点を持った。前川も然り。あなたは言葉巧みに人の心を操り、それぞれの人間達を裏で動かしていた。まるでゲームでもするかのように」

その結論の後、深瀬は付け加える。

「ただし、十燈荘エステートの吉田だけは操れなかった。あの社長は、あなたの母親と仲が悪く、藤フラワーガーデンは商売敵だと警戒していましたからね。それでも……母親との確執があっても、吉田社長はあなた個人には好意的だった。お見事ですよ」

「どれも証拠がない話じゃないですか？」

「それは、これから揃います」

深瀬は椅子に座ったまま、作業を続ける堀田を見つめた。この状況で、冷静に会話していることと自体が彼女の特異性を表している。しかし十燈荘は封鎖された。外へ行くための道は藤湖トンネルのみ。神の道は現在行き止まりになっている。

「昔なら、証拠隠滅は簡単だったでしょう。この孤立した地域、監視カメラもなく、通信記録も残らない時代だったら、この十燈荘であなたは君臨できたはずだ。おそらく、あなたの母親もそうだったのでしょう。でも時代がそれを許さなくなった。だからあなたは、いえ、あなた方は、木嶋に接触して捜査の隠蔽をする道を選んだ」

しかし、何でもログが残り、記録を後から追える現代では、人間関係を完全に隠蔽することは不可能だ。その変化を感じていたのかどうか、堀田まひるはそれでも罪を重ねた。

「十六年前は、まだその方法が通じた。高倉涼介も、マインドコントロールされていたんですよね。わざわざ十燈荘で妊婦を狙わせ、全ての罪を被せた。高倉はあなたの指示通りに焼死した。先程の、前川のように。前川は自分が死ぬことを恐れていなかった。こうすれば自分を馬鹿にした警察の鼻を明かせると思って、そればかりに目がいっていた。高倉とあなたの接点は見つかりませんでしたが、あなたの母親は十燈荘外部の人間をアルバイトと称して店に匿っていたという証言があります」

「深瀬さんは、もっと無口な方だと思っていました」

堀田は花を並べながら感想を述べた。

「仮に私がどう話したところで、全部その人達が勝手にしたことですよね。私は何の罪に問われるんですか？　それとも、殺害を指示したという明確な証拠があるんでしょうか」

「殺人教唆は正犯。殺人罪と同等の刑罰が課せられます。だが、連絡を取った証拠はあっても、殺人を示唆した証拠は残っていないでしょう。そのくらいはできる人だ。間違いなく天才ですよ」

「ありがとうございます」

ここで初めて、堀田は真正面から深瀬を見てにっこりと笑った。

「私もそう思っています。ふふ、深瀬さんもなかなかですよ」

「いや、私には限界がある。理解できないことがある」

「それは何ですか？」

興味を引かれたらしい堀田は、深瀬の問いかけを認めた。

「どうして秋吉家だった？　なぜ一緒に働く人の家族を、あんな無垢な子どもの未来を奪える？」

俯いた堀田は肩を揺らしながら笑った。そのままカウンター近くのハイチェアに座り、手を叩く。

「全ては運命です。警察っていつも点で物事を見ますよね。事件ごとに特別捜査本部を作って。

でもね、命ってバトンのようなもので、次から次へと繋がっていくのですよ。あなたは私を連続殺人鬼だって言ってるようなものですが、実際、私が人を殺したのは一度だけ」

「バトン？　どういう意味だ」

「昔、ふと人を殺したくなって。だって、いつも見ているばかりでつまらなかったんです。だから、学校の屋上から男子を突き落としてみました。人が道路にぶつかって潰れるときって、凄く良い、脳に響くような音がするんですね。風船が割れるような感じです」

でも、その一回だけ。

そう堀田は繰り返した。

「バレたらつまらないですからね。何度も人が死ぬところを見るには、他の誰かにやってもらうのが一番です。だから、私は命のバトンを繋ごうと思いました。その男子生徒には隣の藤高に意中の女性がいた」

「……間宮成美か」

「そうです。そしてそれをきっかけに秋吉航季にも興味を持つようになりましてね」

「ずっと見ていたというのか。未成年の頃から次のターゲットを」

「ターゲットだなんてやめてください。そこまでの存在ではないですよ。単なるゲームの駒ですよ。より美味しくしてくれる具材の一つというか、調味料というか。そんな存在が秋吉航季でした」

「バトンを繋げると言いつつ、お前は殺している」

「死ぬか生きるかは運です。間宮はストーカーをしても罪悪感を感じないこちら側の人でした。だから、殺す側に回ってもらった。秋吉航季は自分なりの信念を貫く人だった。だからコントロールするのではなく、観察対象になりました。でも、高校卒業と同時に東京へ行ってしまって、残念でした」

「その後、ずっと見張っていたのか？」

「いえ、東京には行けませんよ。私には母とこの店がありますから。でも、いずれ彼は家族と帰ってくる、そうしたら全部奪おうって思っていました」

「その確信は、ここが十燈荘だからか？」

「そうです。彼は藤湖の側、しかも十燈荘で育ったんです。ここに戻ってこないわけがない」

「理解できない」

そこで深瀬は初めて顔を顰めた。

「そうですか？　深瀬さん、あなたには不思議な力を理解する才能があると思っているんですが」

「買いかぶりだな。ともあれ、十燈荘は狭いコミュニティで、常に生け贄が必要だったんだろう。新参者で資産家でもない秋吉一家は狙いやすかった。それが俺の結論だ」

「つまらない人」

その言葉に、深瀬は言葉を失う。

「私はいま殺人の告白をしましたが、証拠は自供だけ。逮捕はできません。残念でしたね」

「かもしれない。ついでに聞かせてくれ」

「妊婦を狙ったのは何故だ？」

「私、何でも一石二鳥が好きなんです。花屋の仕事も効率よくやらないといけませんからね。妊婦さんって、一度に二人殺せるじゃないですか。だから都合が良かったんですよね」

「……。では、鳥谷さんの奥さんの妊娠をどこで知った？」

「それは、お花を配達した時ですね。結婚記念日に鳥谷さんがご自分で依頼されたんですよ。十燈荘で調査中に、花屋があるからって。奥様の妊娠は、藤市内のご自宅に配達に行って花束を渡したとき、すぐにわかりました。本人は言いませんでしたけど、お腹を気遣う様子を見ればね」

「そうか。俺の相棒が次々死んだのは？」

「ええ、あなたには注目していましたから。不思議に思ったはずですよね。なぜ相次いで相棒が殉職していくのか。なぜ自分は大切なものばかり失うのか。私は当時から、事件の真相を必死に追う二人の刑事をニュースを通して見ていました。鳥谷元也、そして深瀬肇。将来有望で正義感に溢れ、清廉な静岡県警のエース。実際にお会いしたこともちろん覚えています。活動的に捜査を進めていらっしゃいましたね。だから私は、そんな人間に絶望を与え続けるとどうなるのか、興味が湧いたんです」

「そうか、全てお前が常に裏で糸を引いていたのか」

そう言うと深瀬は静かに拳銃を抜いて堀田へと向けた。

「私を殺しますか？」

「俺には失うものなど何もない。お前が興味を持っていた清廉潔白な刑事など、もうどこにもいない」

「流石は死神ですね。そんなに私が脅威でしょうか？」

「野放しにはできん。お前は怪物だ。逮捕されても証拠不十分で出てくるかもしれん。あるいは獄中で誰かを口説き落として結婚とかな」

「ひどいですね。お互い独身でしょう。それに、母がいるから結婚なんてできませんでした」

「その話は少々興味があるな」

深瀬は椅子から立ち上がり、拳銃を堀田に向けたまま少し首を斜めに動かした。

「入院中の母親がいるのに、それすら利用してお前は事件を起こした。十燈荘の陰の自治会長として君臨していた母のことを、娘は慕っているのか、恨んでいるのか」

「聞きたいですか？　そうですね……私も一つあなたに聞きたいことがあるので、それを教えてもらえたら。十五年前、高倉が鳥谷刑事の自宅を燃やして死んだ日、あのとき、私はあなたと高倉の会話を聞けなかったんです」

本当は聞きたかった、傍で人が燃える様子を見守りたかった、と堀田は両手を合わせて虚空を眺めた。心ここに在らずといった表情だった。

「木嶋の話では、焼死体の高倉の足は切断されていたと。あなたがやったんですか？　鳥谷刑事の遺体と同じように、八つ裂きにしてやるつもりで？　どうして失敗したんですか？」

「やめろ！」

暴くな、と深瀬は叫んだ。

「あはは、やっぱりあなたの急所はそこですね。言えないことがある。そういう人は弱い。深瀬さん、私と組みませ……」

「────黙れ！」

叫びと共に店の扉が勢いよく開いた。入ってきたのは笹井だった。深瀬の傍に寄り、震える手から拳銃を取り上げてそれを堀田に向ける。

「深瀬さん！　しっかりしてください。高倉の話、本当のことを言えば良いじゃないですか」

「笹井……お前に何がわかる」

「深瀬さんこそ、いい加減、正直に言ってくださいよ。俺はもう罪を償いたい」

「何を言っている？」深瀬が眉間に皺を寄せる。

「あんたがそうなったのは全て俺のせいじゃないか。何年も俺を庇って、光も影も飲み込んで、あんたは死神になった。もう気がついてますよね。俺は、鳥谷元也の弟だ」

深瀬は目を瞑って頭を振った。

「え、そうなの？　あなたが鳥谷元也の？　へぇえ。似てない兄弟ね」

「兄貴が死んだ後、両親が離婚して名字が変わったんだよ。それでも俺は、あの事件の犯人を捜してた」

「そう……。おかしいと思ってたの。深瀬さんは合理的だから、いくら憎くても八つ裂きなんてしようとするわけがない。なのに足が切断されていたと聞いて興味を持ったんだけど……あれは、あなたがやったのね。面白いわね。年齢からして中学生くらいだったでしょう？」

「そうだ。だから深瀬さんは俺を現場にいなかったことにした」

「どうして高倉が犯人だとわかったの？　警察、いえ深瀬さんでも調べるのに一年かかったのに、名探偵さん」

「そんなの……！」

笹井は歯を食いしばる。

「俺は、高倉が兄貴と奥さんを殺した現場にいたんだよ！　あの日、高倉に刺されて逃げて……兄貴が逃げろと言って、先に逃げた。まさか兄貴があんなチンピラに負けるなんて思ってなかった。逃げるべきじゃなかった。二人なら、勝てたかもしれないのに……！」

「もうよせ」

深瀬は二人の会話に割って入る。けれど笹井は止まらない。

「一年後、俺は高倉の居場所を突き止めて、事件の真相を知っていると言って呼び出した。自白させるつもりで……でも高倉はそれを見越したのか、先に灯油を撒いていた。逃げるべきだったんだろうけど、できなかった。復讐したくて、俺は高倉を刺した。めった刺しにして、動かなくなったところで両足を切断した。八つ裂きに、してやるつもりで……でもそのとき、俺のことを監視していた深瀬さんも乗り込んできた。兄貴の弟だから、気にかけてくれてたんだな」

堀田は笹井の話に頷いた。

「ありがとうございます。知りたかったことがわかって。これも、次のバトンに使えますね」

「バトンなど渡させない。お前はここで終わりだ」

深瀬は笹井の肩を掴む。

「銃を返せ」

「深瀬さんが撃つくらいなら、俺が撃ちます。どうせ俺は犯罪者だ」

「いや、証拠がない。あの時現場には俺しかいなかった。お前の戯言など誰が信じる？」

「どちらが本当のことを言っているの？」

わかりきっているという顔で、堀田が煽る。それでも笹井は釣られて叫んだ。

「もう記憶は断片的だけど、あいつは死にかけてたけどまだ動けたんだ。ライターを取り出して、ものすごい勢いで火がついた。そして深瀬さん、あんたは俺を庇うようにしてうずくまり、背中から燃えて重度の火傷を負った。後日、現場には自分以外誰もいなかったことにして、事件調書を誤魔化した。それがあの日の真実だ」

深瀬は大きくため息をつく。

堀田は手を叩いた。

「お見事、なんて素晴らしい話でしょう。やっぱり命はバトンのように繋がっている。でもそこまで」

堀田は、手元の花束に手を入れ、そこから銃を取り出して構えた。

「お前、そんなものを……！」

県警の木嶋と長年通じていたのだ。銃火器他、危険物を手に入れる伝手があると気づくべきだったと深瀬は後悔した。

「バトン。それ、木嶋課長も呪文のように言っていました。でもあれは、これ以上堀田に人を殺させないために、つまりバトンを誰にも渡させないために、春樹くんを殺すという意味だったんですね」

「そうだ。堀田は連鎖的な殺人を好むが、同時に必ず関係者を生かしておく。春樹くんもそうだ。亡くなった妊婦さんの旦那さん、鳥谷夫婦の場合は弟であるお前。……堀田、お前は高倉から、鳥谷さんの弟が逃げたことは聞いていたんだろう。なのに始末しなかった。それには理由があったというわけだ」

「そうです。次のバトンを渡すためです。私も、母から役目を継ぎました」

「狂っている……」

笹井の呟きに、深瀬が被せる。

「故に、お前は秋吉春樹を殺そうとしていない」

「ええ。その通り」

「えっ、じゃあ誰が？」

笹井が動揺をあらわにしたとき、外から車が急停車する音が聞こえてきた。それに気を取られた笹井に向けて堀田が発砲し、反射で笹井も撃ち返す。

発砲音でそれぞれの鼓膜が揺れた後、堀田が倒れ込んだ。右肩に命中したのだ。

「おい、誰が撃った!?」

扉を開けて入ってきたのは野沢だった。床に伏した堀田まひるを一瞥する。

「なんだ。無事なのか、笹井」

「流石に素人に撃たれませんよ。でも野沢さん、なんで来たんですか」

「バカか、応援に決まってるだろ！　深瀬さん、なんとか間に合いました。一人で先に行かないでくださいよ」

「お前が本部を説得するまで待っていられなかった」

二人の間で交わされる気安い言葉に笹井は動揺する。

「野沢さん？　どういうことですか」

「野沢は今の俺の相棒だ」

「は!?」

「俺の相棒だと宣言すると狙われる。だから野沢は秘密裏に俺の知りたい情報を収集し、共有していた。俺からの指示は一方通行であることが多いが」

「あの……まさか、秋吉家で事件の状況とか独り言を話してたの、あれ、野沢さんと連絡を取っていたんですか」

勘が良いな、と深瀬が笹井を見る。

「そうだ。県警内部に内通者が存在し、俺の周囲の人間が不自然にも狙われていたからな。野沢には俺とは別の関係者を追わせた。正直、最初は笹井、お前は木嶋側かと思っていたから、目的を探るために野沢に情報を流させた。お前も上手く動いて間宮から情報を引き出してくれたな」

「嘘だろ……」

拍子抜けした笹井は力なく肩を落とした。そのタイミングで、野沢が手錠を取り出して堀田を見下ろす。

「堀田まひる。これまでの証言で十分だ。洗脳されていた木嶋も正気を取り戻し、お前から脅されていたと自供した。どんなに難しくても司法の力で必ずお前を裁く。秋吉航季、秋吉夏美、秋吉冬加の殺害に関与したことも、いずれ立証できるだろう」

「お前は隠れているべきだった。今までと同じように。第一発見者になった時点で終わりだ」

野沢が深瀬に手錠を手渡した時だ。大きな爆発音がしてガラスが揺れた。外を見ると、複数の住宅から火の手が上がっている。

「どういうことだ……!?」

深瀬達の一瞬の混乱に乗じて、店内に二人の男が押し入ってくる。二人は十燈荘の住民だった。

「なんだ？　テロ？　いや……」

堀田と深瀬達の間に立ち塞がった男達は、何かを呟いているが言葉になっていない。まるで洗脳されているかのように息遣いが荒かった。拳銃を手にする野沢を深瀬が払いのける。

「よせ、野沢。一般人だ。手を出すな」

「なんだ、こいつら。ぶつぶつと」

よく聞くと、「バトン」と、そう呪文のように囁いている。深瀬は外で燃えている家に目をやり、笹井に消防に通報するように伝えた。続々と、ドンドーンという爆発音が響いてくる。気がつくと藤湖の湖畔は黒煙で溢れていた。何が起きているのか野沢と笹井には見当もつかなかった。

しかし、深瀬は冷静な声で裏口近くまで移動した堀田の背に声をかける。

「こういう事態を予見して、あらかじめ爆発物を住宅に仕かけていたのか。花の宅配のついでに」

「いずれあなたは私の存在にたどり着く。そう思っていましたから」

「花束……いや、あの花瓶か。店のロゴの入った」

ハッとして深瀬は訊いた。堀田はにやりと笑い、ドアを開けて外にあった配達用のバイクに跨った。

「待て、堀田！」

追いかけようとする笹井を深瀬が止める。その間に、野沢が住民二人を気絶させ、県警に連絡するためにスマートフォンを取り出した。

「すぐに追わないと」

「無論だ。だが、彼女は神ではない。あの道は通れない」

「藤湖トンネル……」

神の道と呼ばれる、十燈荘と藤市を繋ぐ唯一の道は、人の手によって封鎖されていた。

堀田まひるは、撃たれた肩を時々押さえつつ、藤湖の湖辺を走り抜ける。堀田は横目で藤湖を見て、きれい、と呟いた。

爆発音と黒煙に包まれる十燈荘を背に、逃走者はアクセルを一層踏み込む。しかし、藤湖トンネルに入るとその出口は赤い光で埋め尽くされていた。その最前列には、腕を組んで仁王立ちする大中耕作管理官の姿があった。堀田はバイクを停め、ヘルメットを置いて両手を上げた。

「刑事さん、どうか助けてください。警官に撃たれました！　あの人達は狂っています。私は無実です。ただの花屋ですよ。こんな私に何ができるって言うんです？」

そのとき、後続してくる警察車両から入院していた堀田まひるの母親が下りてくる。

「お母さん……？」

認知症である母親は、にこにこと笑って娘に向かって手を振った。

「お前にどうしても会いたいと、そう言っていたそうだ。連れてきたのはそこの医者だが」

同じ車から間宮と後藤が降りてくる。

仁王立ちしていた管理官の大中は、大きく咳払いをしてメガホンを取り出した。

朝でも暗い藤湖トンネルの中は薄ら寒く、警察車両の赤い光と人間の吐く白い息がよく目立った。

「堀田まひる。下手な芝居は終わりだ。お前との会話も、全て深瀬から聞いている。我々静岡県警察は、お前をここから出すわけにはいかない。鳥谷元也だけではない。もうこれ以上、お前に大切なものを奪わせはしない」

そこで堀田はポケットからナイフを取り出し、にやりと笑った。

「先を読んで藤湖トンネルを封鎖するとはね。ここが何かもわからない人間ども」

目の前は数十台に及ぶ警察車両で埋め尽くされている。その捜査員達に向かって、真正面から堀田は歩いていく。複数の警察官が拳銃を構え、堀田に向けた。同時に、堀田の後ろからは一台の警察車両がやってくる。深瀬と、野沢、笹井が到着したのだ。

すぐさま野沢と笹井は車を降りて、堀田に拳銃を向けた。その二人の間から、ゆらゆらと俯きがちに深瀬が歩く。

「深瀬さん……！」

笹井と野沢の二人に呼び止められても、深瀬は止まらずに堀田に近づいた。

漆黒のロングコートを身に纏い、まさに死神という風貌だった。暗く冷たいコンクリートには、ずるずるという死を引きずるような足音が響き渡った。

「堀田、もうお前に行く場所などない。おとなしく投降しろ」

憐れむように深瀬は告げる。その言葉を無視して、堀田は大中管理官に視線を向けた。

「大中耕作、あなたも調子の良い男。警察の信念ってそんなに強固なものなんですかね」

その言葉がトリガーになったかのように、たくさんいる捜査官の中の数人が拳銃を他の捜査員の方に向けた。

「どういうことだ。気は確かか？」

そう大中は怒鳴り声を上げた。拳銃を向けてきたのは何十年も一緒に捜査を行ってきた静岡県警の刑事達だった。堀田は笑った。

「おめでたいですね。木嶋だけだと思っていたんですか」

呆れたように堀田はそう言うと白い息を吐く。

「これじゃあ、誰が敵か味方かわからんな。しかしなんだ？　この場所が悪いのか？　本物のオカルト現象は初めて見たぞ？」

野沢は照準を堀田の背中に合わせたまま呟く。

「まさに想像を凌ぐほどの十燈荘の魔物ですね。命に替えてもここで捕まえますよ」

笹井は意気込んだが、深瀬はあくまで冷静だった。先程の動揺はもう見られない。

「野沢、笹井、あいつに惑わされるな。結局のところ堀田は、相手の大事にしているものや想いにナイフを突きつけ、動揺したところにつけ入っているに過ぎない。ただの病的な犯罪者だ」

堀田の味方に付いた警官の発砲音がトンネル内で鳴り響き、負傷者の叫び声で現場は騒然とする。笹井と野沢は深瀬を守るようにその隣に控えた。やがて、静岡県警は負傷者を出しつつも現場を制圧した。堀田はナイフを深瀬に向けて投げ捨てる。

「これも運命。十燈荘は、いえ藤湖は昔から生け贄を求めてきました。あなた達が知らないだけで、たくさん人は死んでいるの。その血を吸って、この湖は美しく輝いている。藤の花はもっと綺麗になる。私がいなくなっても、他の誰かがやりますよ。だって十燈荘は一番藤湖がよく見える場所だもの」

深瀬には告げる言葉がなかった。野沢と笹井も拳を握りしめた。

「堀田まひる。お前を殺人及び殺人教唆、そして激発物破裂罪により逮捕する。これまでの余罪についても追及する」

「深瀬さん。これで終わりじゃないですよ。私は刑務所の中からだってバトンを渡してみせますから」

深瀬は堀田の手に手錠をかけると目を見開いて、鋭い眼光で睨みつけた。

「地獄まで追い詰めてやる。俺は死神だ」

堀田はその眼光を目に焼きつけるかのように両手を掲げ、深瀬はその手に手錠をかけた。

十月十一日の午前八時過ぎ、秋吉一家三人殺人事件は終結した。

二十二

事件発生から七ヶ月が経過した五月十日。今日は年に一度のふじ燈篭祭である。

時刻は十九時を回り、次第に周囲は暗くなっていく。いつもは物静かな藤湖は、大勢の人々で賑わっていた。一人一人が燈篭にメッセージを込めている。藤市から十燈荘に向かう道、藤湖トンネルは、先が見えないほど渋滞し各所でも通行止めが発生していた。

この日だけ、十燈荘は外部の人間の訪問を受け入れている。たった七ヶ月で事件は風化し、いや殺人事件が起こった故に物見遊山の客が増えている印象まであった。

藤の花も見頃を迎えていた。たった数日とはいえ、山々が紫色で彩られ湖面が光る。そんな美しい景観がどこまでも広がっていた。まるで夜空が下で、湖面が上空にあるように見える。神々が宿るかのような神秘的な雰囲気だ。

ふじ燈篭祭の起源は地鎮祭のようなものだという。家を守るための祭事だ。家は縄文時代よりもずっと前、人類が家族というものを形成し始めた頃から存在する文明の象徴であり、この祭りは無病息災や家内安全にも繋がると言われている。

その藤湖の湖畔に、野沢拓郎が湖面を見つめて立っていた。十燈荘が見える湖の向かい側で、秋吉航季が前川と揉めていたと証言された場所だった。

「野沢さん、ここにいたんですね」

そう言って、笹井は持っていたペンで肩を叩いた。

「来たか、笹井。しかし美しいな。話には聞いていたが驚いたよ」

「オカルト好きなのに、見たことなかったんですか」

「この祭りはホラーじゃないだろ。それに、このふじ燈篭祭はもともとは地鎮祭のようなもので、家を守るものだったそうだし。だが、情報は一応仕入れている。日本各地の灯籠流しは、八月頃のお盆の時期に行われることが多い。だがふじ燈篭祭は五月。まるで神が道に迷わないように燈篭で灯りをともし、藤の花がそれを待っているようなものだと」

「あの十燈荘のロゴマークの意味って、藤湖の水鏡を示していたんですね。人の側面やものの側面。万物は見方によって形が変わるもの。興味深いです」

「お前も都市伝説が好きになったか」

野沢はニヤリと笑った。笹井は美しく光る湖面を見続けている。

「野沢さん、訊いても良いですか。深瀬さんが、家の声が聴こえるとか幻聴とかって言っていたのは、僕や周りの人間をけむに巻くための嘘なんですよね？」

「さあな」

野沢の言葉に何かを感じ取るかのように、笹井は湖から視線を向こう岸に移した。そこには十燈荘が今も変わらずに存在している。

「あの事件で、自分の価値観が変わりそうになりました。そして、まだ解決したとは思えないんです」

「秋吉春樹の件か？　それは深瀬さんが」

「わかってます。でもそれだけじゃない。堀田まひるが全て一人でやっていたとは僕には思えないんです。逮捕直前はあんなに理路整然と話していたのに、逮捕後の取り調べでは脈絡のないことばかり……。もしかして、彼女もまた、誰かに操られていたのかも、と」

「十燈荘内の誰かに？　あるいは、山に住まう何かに？」

「もしそういうものがいるとしたら、僕はそれを神様とは呼びたくないですね」

「この国では、神は祟るものさ。それでも、その間近に住みたいという酔狂な人間はいるもんだ」

そう言って野沢はバンと笹井の肩を叩いた。

「そんな気難しい顔をするな。らしくない。明日から、深瀬さんが復帰するんだ。元気に挨拶しろよ」

「わかってます。調書の改竄に過剰捜査でしたから、懲戒免職の心配もありましたが、半年間の

「謹慎処分で済んで本当に良かったですよ」

「聞いた話じゃ、大中管理官や刑事部長が取り計らったらしい」

「もう会いましたか？」

「いいや。一応、連絡はしたんだが、ここにも来ないだろうな」

「あの人には、行かなければならない場所がありますから」

笹井はそう言って顔を上げた。


藤市民病院の廊下をゆらゆらと歩く人影。それを待っていた後藤晶が頭を下げた。深瀬は静かに彼の前を横切り、病室へと入った。全焼した家の跡から見つかった家族写真をその手に持っている。

秋吉春樹は、およそ五ヶ月前に奇跡的に意識を取り戻したものの、外傷性脳損傷と診断され、最小意識状態を保っていた。アイコンタクトや意図的にものを掴むことなどはできるが起き上がることはできない、そんな状態だ。

ベッドの隣にあった椅子に腰をかけると、深瀬は深いため息をついた。

「静岡県警の深瀬です。刑事としてここに来るまで、随分と時間がかかってしまった。申し訳ないが、少しだけ話をさせてくれ」

深瀬は独り言のように語り始めた。秋吉春樹は目を瞑ったままで反応はない。

「君の家族に起きたことは、悲劇という言葉では片付けられない。ただ、その中で君は生き残った特別な存在だ。あの十燈荘という特異な町が、知らず知らずのうちに家族を追い詰め虚像を作らせた。それがこの事件の真意を隠し複雑化させた。だが、全てが偽りではなかった。そして君の生存は特に意味があるものだった。……春樹くん、君は誰かに襲われたわけじゃない。自殺だったんだな」

深瀬の言葉を扉の前で聞いていた後藤は目を見開いた。

「理由まではわからない。きっと苦しかったんだろう。絶望していた。家族からはまるでいないように扱われ、父親からも距離を置かれ孤独を感じていた。その心のやり場をゲームの世界へと向けた。君がどう感じていたか、いや、俺にもその感情はわからないが、親はいつだって子どものことを想うものだろう。警察で、君がオンラインゲーム上で連絡を取っていた、ｈｏｕｓｅというアカウントを追ったんだ。それは、君の父親、秋吉航季のものだった」

深瀬は静かに語りかける。

「君のお父さんは、君にどう接して良いかわからなかっただけだった。また君と一緒に出かけたい、それだけだった。だからオンラインゲーム上で君に近づき、会話をした。週末は、自宅からゲームにログインしていると気づかれると思い、わざわざ藤市内のネットカフェに出かけていた。ゴルフに行くと嘘をつき、不倫を疑われ奥さんに刺されることまでもあった。しかし決してゲームをやめなかった。ただ君と話したかったからだ」

扉の外でその言葉を聞いた後藤は、ひくひくと鼻を鳴らしながら涙を堪えうずくまった。秋吉春樹からの反応は未だない。

「何が起きようとも、帰ってくる家さえあれば家族は大丈夫。みんなで暮らし、笑い合える家。だから最期まで、前川から家を守ろうとした。遺体には抵抗した跡があった。そして第一発見者の堀田は、あえて君を助けた。おそらく君をバトンとして次に繋げるためだ。だが、そんなことはどうでも良い、君は助かったんだ。こんなところで死んではいけない」

生きるべきだ、と深瀬は繰り返す。

「君のチャット記録は全部読んだ。事件発生の前日に、ｈｏｕｓｅからの返答は途絶えていた。ほぼ毎日会話していた相手で、連絡なしにいなくなることは決してなかった。後で連絡すると言っていた。なのに、半日以上経っても連絡がない。たった一人の友人を失ったと思った君は、この世界に絶望したんだろう。だが、君がどれだけ呼びかけても、ｈｏｕｓｅは返信することができなかった」

深瀬は静かに深呼吸をして声を発した。深瀬は秋吉春樹の顔を覗き込みながら喉を鳴らした。

「俺には大切な家族や恋人というものはいない。長年、相棒や仲間、恩人も守れず、ただ死に場所を求め、この地を彷徨ってきた死神だ。だからわかる。君もそうなんだろう？」

秋吉春樹の手がぴくりと動く。まるで水面が揺れるように、シーツに皺ができる。

「君がまた明日を見たいという時まで、俺は君の『家』になろう」

深瀬が窓から十燈荘の方に目を戻したとき、春樹の瞳に涙が浮かんだ。藤の花と燈篭の光に照らされ、透き通るような藤湖の湖面には何かが映し出されている。

一方、廊下で涙を流す後藤晶の傍に、もう一つ人影があった。藤市民病院の廊下に杖をつくような足音と共に、認知症の老女の笑い声が響いた。

〈著者紹介〉
由野寿和（ゆうや としお）
1990年福岡県生まれ。高校を卒業後に単身渡米。
物語を愛する精神のもと作品を執筆している。

〈著書〉
『再愛なる聖槍』（幻冬舎メディアコンサルティング、2022年）

アイアムハウス

2024年9月26日　第1刷発行

著　者　　由野寿和
発行人　　久保田貴幸

発行元　　株式会社 幻冬舎メディアコンサルティング
〒151-0051　東京都渋谷区千駄ヶ谷4-9-7
電話　03-5411-6440（編集）

発売元　　株式会社 幻冬舎
〒151-0051　東京都渋谷区千駄ヶ谷4-9-7
電話　03-5411-6222（営業）

印刷・製本　中央精版印刷株式会社
装　丁　　秋庭祐貴

検印廃止

Printed in Japan
ISBN 978-4-344-94922-5 C0093
幻冬舎メディアコンサルティングＨＰ
https://www.gentosha-mc.com/